あかん男

田辺聖子

角川文庫
22215

目次

あかん男

「どやってん、見合いうまいことといったらしなア、まア、乾盃《かんぱい》しよか」

と、義兄の清一郎《せいいちろう》はいって、コップにどくどくとよく冷えたビールをつぎました。いや、私のではない、甥《おい》の宏《ひろし》のコップであります。

つまり、見合いがうまいこといきよったのは、甥の宏の方であります。年上の、叔父《おじ》の、私をさしおいて一足先に結婚しよるのは、私の甥の宏の方であります。

私はこの、大阪弁の「……しよる」の「よる」という言葉に、日頃言い知れぬ興味をおぼえております。

どういえばええかしらん。つまり標準語には翻訳しにくい言葉なのでして、親愛をこめた軽侮、心外な憤り、心をうちあけあった仲の期待、激励、注目、「このヤロウ」から、「こいつ!」と背中を叩《たた》くような親愛感、さらにはいささか冷たい客観の目、そんなものを引っくるめた助動詞ではないかと思っております。(尤《もっと》も、そんなことを考えるのも、私が会社づとめのひまひまに、売れない小説を書きちらして、ひとり暮しの憂さを晴らしているからで、まあ、ヒマ人の見当はずれなあて推量かもしれませんが、私は「……しよる」という大阪弁の語法は好きなのです)

ところで、私が「結婚しよる」というとき、一種の感慨があるのであります。なぜな

ら、義兄が私のコップにもついでにビールをついで、

「あとのカラスが先になったなア、貞三《ていぞう》はんも早いこと、きめな、あきまへんで」

と言いよるからであります。（やっぱり、標準語には訳しにくい。言いやがる、ではきつすぎます）

私は、コップを受けて、

「そういうことですな」

と苦笑するほかありません。

「あんまり貞三さん選りはるのんとちゃいますか、二十回も見合いして、まだ見付からん、なんて、ワハハハ……」

と、甥の宏はぬかしよる。こいつの口調は昔から人を見くびったようなところがあって私は好かん。その上、私のことを、べつに叔父貴風を吹かすのではないが、貞三さんというのも聞き苦しいですな。何とか呼び方はありそうなものです。尤も、宏は私の長姉の息子でして、末弟の私と長姉の年がだいぶ離れておりますから甥といってもいくつもちがわない。

私は三十五歳で甥は二十七歳である。しかし、だからといって甥が私のことを貞三さんと呼び、長姉も次姉も、義兄も、平気で聞き流しているのは不都合であります。

いや、そういえば昔から私は、こういう風に、人から軽々しく扱われる気味がある。私は平気な風にしているが、気持はよくない。

私は学生時代、次姉の家に居候していた。次姉の夫が清一郎で、鉄工関係の会社に勤めていますが、次姉はいつも夫の洗濯にかまけて私のをあと廻《まわ》しにする。そうして真ッ黒になった洗濯機の水の中へ、めんどくさそうに私のパンツを抛《ほう》りこんだりしよる。義兄の洗濯物は、天気晴朗の朝、高々と掲げた青竹の竿《さお》のてっぺんへ爽快《そうかい》に干しわたして、へんぽんと風に吹かせるくせに、私のは干し場がないという理由で、日も当らぬ庭の隅の立木から塀へさして、麻縄《あさなわ》を張りめぐらして、ひっかけておくという差別待遇でありますす。また、義兄のおかずが魚の頭の部分なら私はほんの少しの身しかないシッポでありまます。そうして、義兄の靴は磨いても私の靴は埃《ほこり》まみれにしておく。

まあ、死んだ両親の遺産が少しはあったので、私の学資と生活費に事欠かず、応分の生活費は次姉の家の台所に収めていたとはいうものの、厄介になっていたから、その好意は感謝しておりますが、次姉は笑いながら、

「貞三も早よお嫁さんもらいなさい、そしたら大事にしてもらえるよ」

などと、ぬかしよるのであります。

それはともかく、二十回も見合いした私が、親類中での笑いものになっているのは本当であります。

そのくせ、宏はこの間、見合いしたらはじめての見合いで、しかもいっぺんで双方気に入り、とんとん拍子に話がまとまって、来年早々、挙式という段取になったらしい。あとのカラスが先になると義兄がいったのはそのせいです。

　この義兄は、四十二、三の小太りの男ですが、親切なのかひやかすのか、わからん口の利き方をします。女房の弟と、女房の甥と、どちらが先に結婚しようがしまいが、関係ないという顔をしていますが、元来、仕事好きなエネルギッシュな男なので、私が会社づとめの合間にワケの分らぬ小説など書いてひまつぶしをしているのを、いささか軽侮の目で見ておるのは分ります。それにくらべ、宏は新進気鋭、放送局に勤めていますが、仕事が面白うてたまらんという弾み方で、いわば人生の登り坂のトバ口にあるようなものですから、活動家の義兄と話が合うようであります。また宏は体格のがっしりしたハンサムな青年で、性格も陽気ですから女の子にモテて、それで親戚《しんせき》中にもまことに評判がよろしい。宏自身、人生を恃《たの》みにして、私をなめているような気がされるのは、私のヒガ目でしょうかね。

「けど、あんまり選り好みしてたら、しまいにタネが尽きまっせ。まだまあ若いけど、男の縁談かて、汐どきいうもんあるさかいになあ、貞三はん」

　と、次姉と同じことを義兄はいう。大体、義兄は次姉の尻《しり》に敷かれていて、言うことすることと、次姉の意見の敷きうつしなのですが、無論、本人はそんなことは夢にも思っていないのです。

「あれこれ選っとるうちに、だんだんクラスも下になるのんとちゃうか。向うの女ばかりやのうて、こっちの市場価値も下がるやろし……ワハハハ」

　と私の頭を無遠慮にみて、

「大分、心細うなってまっせ」

（いわれんでも、わかっとるわい）と私はむっつりとビールの泡を嘗《な》める。

私は二十八、九の頃から頭髪が後退しておでこが禿《は》げあがって来ております。三十五の現在では、横びんと後ろにしか毛がない。よってサイドからサイドへスダレの如く髪を梳《す》かしつけて、金語楼《きんごろう》スタイルをしていますが、色は白い方なので、少ない黒髪がひときわつやつやして、禿げ上がりが目立つのである。

私の亡父も禿げていましたから、たぶん遺伝でしょうが、しかし、結婚前に禿げるのは困るのであります。どう見ても子供の二、三人もいようかという、中年男にみえます。そうして、はやあとから、宏のような、若いピチピチした後続部隊が、結婚適齢期の舞台へせり出して来て、マゴマゴしている私などは、弾《はじ》きとばされてしまいそうであります。

義兄のいうごとく、気がついてみると、私にくる縁談はここしばらく、めっきり減りました。いや、減ったというより、とだえています。

私の姉たちはむろん、一人のこらず結婚して子供もそれぞれあり、それどころか、甥の一人は先頭を切って私より早く結婚しようかという奴まで出て来るしだい。私の同窓生、会社の同僚、みんな適当に子供をもって着々とマイホームの礎を築きつつあるのですが、私だけバスに乗りおくれている。

私はことさら「あれこれ選っている」わけではない。そんなに望みが高いとは自分で思っておらぬ。しかし、私に廻ってくる縁談は、どうにも気が進まないものばかりなのです。たまにいい娘だと思うと、向うから断わられる。そうこうしているうちに、額は遠慮会釈なく禿げあがってくるというわけです。

尚《なお》かつ、そうこうしているうちに、私はだんだん、結婚恐怖症、見合恐怖症、女性恐怖症になって来そうな気がします。

めんどうで大儀で、おっくうである。どうもいけない。そのかみの、燃えたぎるような、またロマンチックな、若々しい恋も結婚の情熱も、遠くかすんでしまって、「もうあかんわ」という気になりよる。やはり、結婚などというものは、若い頃にがむしゃらにやっておくべきものです。

今では私は、行雲流水の心境であります。それに勤めの余暇を、小説など書くことにあてていると、なまじ女房などいない方が有難いというものです。

尤も、現在の私は、アパートの独り暮しなので、炊事洗濯には手をやきます。幸い、次姉の家が近くなので、ときどき頼《よ》みこんで差別待遇の庭先でよいから洗濯ものを干してもらったり、今晩のように夕食を招ばれたりするわけですが、そうするとまた、今晩のように、はからざる宏のような相客にぶつかって、おちょくられたり、いばられたり、義兄のひやかしを聞いたり、次姉のグチをきいたりせねばならぬ。次姉は、末弟の私が未《いま》だに独身でいるのを風聞の悪いことに思って悩んでいるようであります。

これが、炊事洗濯料理、なんでもスーッとやってくれて、ふだんは人目につかず隠れていて、用のあるとき、たとえば夜なんかですな、スーッと出て来てくれる幽霊かお化けのような妻なら、私にはいうことがないわけです。ニコニコして、ひと言もムダ口をきかず、月給も係累も趣味も特技も禿《はげ》も問題にせず、私を大切にかしずいてくれて、自分は着るもの食べものいらず、またスーッと消えてくれる、幽霊妻か、お化け妻がよろしい。

生身の人間の女だと、やれ日曜はどこそこへ連れていけの、やれ棚を吊《つ》れのと、机の前にゆっくり坐《すわ》らせてもくれないに違いありません。

私はじつは、次姉たちの家庭や、会社の女の子や、見合いした女の子を見て悲観絶望しているのであります。今日び、妻は夫をいたわりつ、夫は妻を慕いつつ、というようなうるわしい夫婦愛は地を払って、男性につくすというような、浄瑠璃《じょうるり》みたいな女はいなくなりました。

誰も彼も、女という女は自分を主張するのに精一杯で、こちらが女にあわせなくてはなりません。それがしんどい。

「しかし二十回！　二十回とは不撓不屈《ふとうふくつ》の精神やなあ」

と甥《おい》の宏はまたバカにしたような、ひやかすようなことをいう。

「けど、そんな次から次へ女の子と見合いしてたら、だんだん目が肥えてくるのんと違うかいな」

とうらやましくなくもなさそうな、義兄。

「ほんまにあんた、ぜいたくやで」

ぜいたくなのではない。自分としては好伴侶を得るべく必死にさがし求めているが、中々めぐり合わないのです。

「ほな、貞三はん、どんなンが理想ですねや」

「まあ、自分をあんまり主張せえへんようなんがよろしな」

まさか、幽霊妻やおばけ妻がいいともいえない。

「おとなしいて、僕のいうようにしてくれるのがええわ」

「そら、あんたの好きな型にはめたらええのんと違うか。結婚したら、亭主のリード次第ですやろ」

と義兄は、自分が次姉にリードされてるくせに、しているようなことをいう。

「そやけど、そんなしおらしいのが今どきいますかねえ。女は自分の性格変えたりしまへんやろ」

「えらい悲観的やなあ、二十回見合いして二十回ともそんなんでしたか、貞三さん」

と宏が、いやに二十回をふり廻しよる。何かいうと、この男は人のカンにさわります。

「十人十色いうけど、やっぱり気の強そうなところは、現代女性はみな似てますな」

「ほう」

考えてみれば、ほかにもう一点、そろいもそろって醜女《ブス》ばっかりやった。

私はべつに絶世の美女を求めているわけでもありませんが、男の夢とでもいうのでしょうか、何か、心の琴線に触れてくるような、醜くてもいいから、感じのいい容貌《ようぼう》の女にあいたいのです。私だってみっともいい男でもないし、禿チャンですから身の程をわきまえているつもりです。しかし、余りといえば余りな女ばかりのような気もしました。縁談をもってくるのは、たいてい、元小学校長だった叔父《おじ》の未亡人、この人の友人で同じく仲人《なこうど》マニアの丹下《たんげ》夫人、という連中ですが、何か私に悪意でもあってけったいなのを廻《まわ》してくるとしか思えないのです。そうですね、例えば一人は二十八歳、大柄で、というより野放図もなく体の線が崩れたような、タテヨコそろってどっしりとした女、大足で、象皮病に罹《かか》ったような太い足をして、しかし気はよさそうですが、鼻の穴も大きく、見ていると、私までその穴に吸いこまれそうなのです。鳩胸、出ッ尻《ちり》で、彼女の前へいくと、自分の吸う息をみんな奪われてしまいそうな不安を感ずるくらい。中々経済力はあるそうで、財産家でガソリンスタンドを持っているということでしたが、結婚したらそれをくれるとはべつに言うてない。

陽気な声でにぎやかに笑い、笑い顔はちょっと間が抜けていいものでしたが、何分、吹けば飛ぶような細い私は、彼女の豪快な笑い声にすくみ上ってしまって、何かビクビクするかんじ。

「もっと、小ちゃいとこでたのみますわ」

と叔母《おば》に頼んだので、その次にもって来てくれたのは、いかにも一五〇センチそこそこのトランジスタ娘、前と対照的にはしっこくキビキビして、利巧そうな黒い瞳《ひとみ》が輝き、何やらハツカネズミといった女の子です。

新聞社の婦人記者ということで、習慣はおそろしいもの、片手にメモをもって、口早に、

「失礼ですが、月給はなんぼとってはりますか」

などと聞きよる。

「趣味は何ですか？」

私もこの時分はまだ正直でありました。

「まあ、小説書いてます。まだどこへも載ってませんけど、しかしこれは僕のたのしみで、べつにこれでメシ食おうちゅうような……」

「もッちろん、でしょうとも」

とハツカネズミ嬢は手早くうなずき、急に声はりあげて、

「惚《ほ》れちゃいけないモノ書く人に、末は野ざらし行き倒れエ——なんて、唄《うた》もございますからね、ハハハ……ところで将来、どういう家庭を設計したいと考えてはりますか」

キビキビしてるのはまことによろしいが、私にしてみれば、インタビューを受けてるようで、おちつきわるく、夢もろまんもありません。

「もうちょっと、おっとりしたとこでたのみますわ」

とまた叔母に申し入れ、その次は、大学出の女史で、眼鏡を掛けた学校の先生でした。化粧げもなく、縞《しま》のスーツなんか着て、筋ばった、骨の硬そうな長い指で、男のよう

に煙草《タバコ》をつかみ、ぱちんとライターを鳴らし、ぷかぷか、ふかしております。女史はじろりと私を見、

「結婚というものは創造行為の一種ですわね」

「はア、そう思います」

「ですからあたくし、きわめて個別的なものであって、一向かまわないと思いますのよ。社会的ルールと究極の立場のものでも一向に」

と彼女はいうのですが、個別的というのはどうやら、料理も掃除もするつもりはないということらしく、働くのはやめないということらしい。

(それでいやなら、べつに結婚してもらわなくても、私はそんな、——結婚などというような、通俗的なことには興味がないのです)

という顔で煙草をふかしているのですが、私はどうも、個別的すぎる人生が待っているような気がして、おちつきが悪い。それに、男のように体つきが骨ばっているのも、気になるので、

「もうちょっと、ぽちゃっとしたとこでたのみますわ。ましなんおらんですか」

と叔母に頼みました。

「あんたも注文の多い人やな」

と叔母と丹下夫人は呆《あき》れ返り、

「そない美人美人いうたかて、ざらに美人が居りまっかいな、早う売れてしもて……」

といいながら、また廻してくれたのは、これはまあ、美人でした。上背も私に負けぬくらいあり、眼の大きな、眉《まゆ》の濃い美しい肌の娘で、二十五、六です。私は彼女がおとなしげなので、気に入って、この人のときは、京都や奈良や、よく歩きました。連れて歩いているときは人が振り返るほどの美人なのですが、どうも一しょにいて、楽しい気持がしないのです。マネキン人形と歩いているのと同じで、気持が交流してゆく、生きた人間のたのしさが湧いてこない。

お化けの方がまだしも人間らしいような気持がしました。黙って私に奢《おご》らせて食べ、礼もいわずにすーっと帰ってゆく。最初は、私は彼女こそ念願のお化け妻になってくれそうで、無口なところも愛想の悪いところも却《かえ》って取り得に思っていたのですが、そのうち、彼女が笑わないのは、顔にシワができるのを防ぐためだとわかり、礼をいわないのは、たくさんの男たちからチヤホヤされつけているためだとわかりました。彼女の意向に少しでも逆らうと大変で、たちまち雲行《くもゆき》険悪な表情になって、唇のハシが意地悪そうに曲り、拗《す》ねてふくれてモノを言わない。私は人の不機嫌がこわく、あずかっていた高価なオモチャがこわれはしないかとビクビクする気持。

叔母のところへいって、

「もうちょっと、ふくれへんのん、たのみますわ」

「またかいな、ええかげんにしてんか」

とこぼしながらも叔母は、次ににぎやかな二十七、八の女を紹介してくれました。平凡な顔立ちで気が良く、愉快で陽気でこれはよいと思っていましたら、ウソつきなのです。第一、身上書、関西でいう釣り書に、本人から家族みんなの学歴、職業、これがみんなうそっぱちで、これは調べにいった次姉が呆れかえり、私は彼女が明朗なので気に入っていたものですから、

「ええやんか、それぐらい」

といいましたら、

「ウソつくようなん、一番あかん」

と次姉はいきりたって、話をこわしてしまいました。まああとはいろいろです。

「帯にみじかし、タスキに長しとはよういうたもんですわ」

「向うもそないいうとるやろ」

と宏は優越感を感じているらしい。

「そういうのを、夏の蛤《はまぐり》、いうのやな」

と義兄も人ごとと思うからのんきです。

「身イくさって貝（買い）くさらん、や。ひやかしもええとこやな」

「けど、考えたら、ますます結婚するのん怖うなるよって、当分このままでもええのんちゃうかなあ。この頃はべつに、せいてませんよ」

と私は負け惜しみでもない心境です。

「アメリカやったら、独身なんか、ようけ（沢山）おるらしい」

「そら、金があってスマートやったら独身もええけど」

と、宏はことごとく当てつけがましく、

「まあ、貞三さんは早いこと見つけはったほうがええで。独身主義いう柄とちがう」

「女なんて結局、一しょやで。おれについてこい！　いうて引っぱったらみんなイチコロですわ」

義兄は口だけ達者で、宏はあいかわらず図に乗り、

「おれについてこい、なんていうのやったら、金もってるとか、二枚目とか、何ンか取り得ないとあかんのとちゃいますか。どうもその点、むずかしやろねえ、貞三さんは」

「いやいや、そんなことばっかりでもないで。金や男前はともかく、いま、女の子に、おれについてこい！　いうのやったら、やっぱりセックステクニックでっしゃろ。今日び、金も男前も値打ちおまへんよ」

義兄はビールをついでまわって、私を慰める口ぶり。宏はにやにやして、

「けど、それかて女の子の方が、今日び、うわ手とちゃいますか。何でもよう知ってまっせ、そら……男は、とてもやないけど、太刀打ちできまへんよ」

「何や、もう何べんか太刀合わせしたみたいやな」

と意地汚なくうらやましそうな義兄。

「それに女やと、手取り足取り、教えよる奴、教えたがる奴が多いさかいね。女は否《いや》でも応でも上達するわ」

ます。

「男はどこで習うたらええねやろ」

と私が思わず心細そうな声を出すと、

「そこまで面倒みられへん、どこでなと習うて来たらどうですか」

と義兄も宏もふき出しよった。何のことはない、おちょくられているのであります。

そこへ次姉もやって来て、これはずっしり肥《ふと》った女で、急に座敷の風通しも悪くなります。

「ほんまに、いよいよ貞三の方が残ってしもた。早いこと馬力かけて探さなあかんわ、宏さん見てみなさい」

といわでものことをいって、私をむっつりさせるのです。

「あんたの会社、誰かええ女の子、居らへんの。恋愛結婚でもしてくれたら助かるのに」

と、叱咤《しった》する如くいう。

私の会社にも女事務員は各課にたくさんいますが、どれも若い娘なので、せいぜい二十代の青年社員にはキャーキャーいっても、三十五の独身者は見向きもしよらん。いや、いっそ、義兄ぐらいの年になった妻帯者にはまた人気もあるようですが、私ぐらいの独り者はまるで深海魚でも見るようにうす気味悪そうで、あんまり傍へも寄って来ません。あっさり、椅子に坐《すわ》っている私の頭などつついて、

「イヤー、よう禿《は》げはったね」

などと感心したりしている。そういうときはさすがの温厚な私もむしゃくしゃします

から、女の子たちに用を言いつける声がとンがったり、彼女らの失策をとがめたりする。しかし一向にコタえないのだから、シャクにさわるのであります。

「キャーッ　ワーッ」

とあべこべに笑う。何かと思えば、私の頭に糸クズが一すじ、例のスダレ頭の上にふんわりと載っていたりする。私が叱っているあいだ中、女の子は身を二タ重に折って笑いをこらえ、叱言《こごと》も耳に入らぬようす。笑いすぎて涙をためながら席へ戻り、隣の女の子に、

「何さ、禿げ頭ふりたてて……」

などと耳打ちしているのが、こっちの耳に入る。人のことを棒切れか竹竿《たけざお》のように思っているのか。私はそんなに人に侮られるようなことをしたり、言ったりしたおぼえはありません。それはいかにも昇進はおくれているが、まあまあ大過なく勤めている。飲みにもいくし、声が掛れば麻雀《マージャン》もする。しかるに私ひとりは何やらこう、影がうすそうに扱われる。これは禿げのせいでしょうか、独り身のせいでしょうか。女の子という女の子は、ハンサムで結婚候補者らしいイキのいい（つまり、宏みたいな）青年ばかりチヤホヤして、ほかはもう眼中にないみたい。青年たちの用事は先を争って聞き、私の方はあと廻《まわ》しあと廻しとなる。

私の隣席にいる土田《つちだ》タマ子などという子は、ちょっと可愛らしい小柄な子で、私の好きなタイプですが、私のいうことなどフンフン、フンフン、で聞くくせに、四、五メー

トルも離れた新米の青年社員の用事など、伸び上って聞く始末。

私も考えまして、これはたまにサービスもしてやらぬのがうかつであった、いや、同僚には時々奢っても、BG連中に奢ることを忘れとった、そういえばここしばらく、女の子らにサービスしてないなと思い、タマ子に、

「どや、帰り、お茶でも飲まへんか」

と誘いましたら、タマ子はおどろき、

「イヤーッ、ドエッチ！」

お茶飲むのが何でドエッチや、私の方がびっくりする。しかしあんまり大きな声でいうものですから人聞き悪く、

「あほ、みんなで誘うていこか、いうこっちゃ」

といいましたら、あ、そうと現金にニコニコしよる。

私が水色タイルの男子トイレに入っていますと、壁ひとつ向うは、桃色タイルの女子トイレで、タマ子の声がつつぬけに聞こえる。

「あのナー、禿げ茶ビンが今日帰りにお茶飲みにいこ、いうてはンね」

「イヤーッ、タマちゃん誘いよったん。よういわんわ」

何が、よういわんわ、や。

「鏡見ていうてほしいわ」

どっと笑い声。何がどうだというのだ。私のことは、BG連中のあだ名によると禿げ

茶ビンという名になっているらしい。

「ちがうねん、皆で行こか、いうてはんねん。そやから行きたい人、みんなで奢《おご》ってもらおやないの」

「へえ、さんせい、さんせい、禿げ茶ビン、ええとこあるやない」

と、手を覆えせば雨となり手を翻せば雲となる。急に機嫌のいい声で二、三人がうなずきあっている。あさはかなものです。併《しか》しながら二、三人にお茶でも奢っておけば、また、居心地がよくなることもありましょう。

退《ひ》けどき、ビルの玄関のあたりで、人ごみに押されつつ煙草をふかしながら女の子たちを待っていると、「お待ちどおさま、ごちそうになるわ」

と、ニコニコしたタマ子がやって来ました。

「ほな、いこか」

と私も快く、

「なんや、あんた一人かいな」

と見廻すと、タマ子もきわめて機嫌がよろしく、

「何いうてはんの、みな、いてるやないの」

というではありませんか。見ると、人ごみと見たのは、女性軍が勢揃いしていたのであって、いやいるわいるわ、私の知らない顔の女の子まで混ってさかんにペチャクチャしゃべっている。げんなりして私が歩き出すと、女の子も、教師に引率された小学生徒

よろしく、ゾロゾロとついてきよる。

「あ、こっち。あたしええとこ知ってんのよ」

とタマ子が私を引っぱって、ビルとビルの谷間の路地をはいってゆく。私が来たこともないしゃれた欧風料理の店へ、ぞろぞろとはいって、すでに予約したものの如く、二階へ上ります。私も女の中にただ一人、仕方なく二階へ上ると、二、三十人が一ぺんに坐れるように細長い席がしつらえてあり、

「ね、ここやったらみんな坐れるでしょ、さっき電話で頼んどいたんよ」

とタマ子はしたり顔でいうのであります。ボーイがメニューを廻して来て、気の早い女の子が、

「わたし、ミンチカツとライス!」

などと叫んでいる。タマ子は先輩株らしくたしなめて、

「ちょっと、お茶奢ってもらうだけよ、そんなんあつかましやないの」

ねえ、と私を見返ると、十四、五人もの女の子の眼がいっせいにこっちを見るから私も弱気になり、

「いやよろし、あんまり高いもんやなかったらよろしよ」

いうが早いか、女の子はてんでに注文をする。そうして料理がくるとさかんにパクつきながら、蜂の巣をつついたようにしゃべりはじめます。

私はコーヒイを飲んでだまっているばかり、そのうちタマ子は気の毒に思ったか、私

の方を向いて、

「ねえ、沼田《ぬまた》さんは家へ帰ったら何してはるの？」

とハンバーグをつつきながらいう。

「べつに何もしてませんよ」

「そやけど独身やったら、ひまでしょ、麻雀ですか、パチンコですか」

「まア、そんなとこやナ」

と私もいいかげんの受け答えをします。

「沼田さんみたいに独身生活の長い人はアッチの方はどうしてるんですか、物凄う興味あるわ」

「アッチてどっちや」

「キャー、エッチ、分ってるくせに」

自分で妙なこと言い出しといて、エッチとは何や。しかしそれにしても、この節の女の子は顔を赤くもしないものですな。こういうのを科学的知識というのですかしらん。

「イヤー、沼田さん赤《あこ》うなってはるわ」

とタマ子が笑ったので、一同おしゃべりをやめて私を見てドッとくる。だから私は当節の若い女の子はきらいだというのだ。

奥ゆかしさ、やさしさ、デリカシイ、いじらしさ、もののあわれ、やさしさ、思いやり、いたわり、心づかい、そういうものは洟紙《はながみ》と共にクズ籠《かご》へ捨ててしまったのかしらん。ああなつかしい、それらの日本語よ、そのことばのイメージよ、そのことばで思いうかぶニッポンの女よ、いまいずこ。

「ごちそうさまア……」

レストランを出ると、女の子は三々五々散っていって、私がレジで五千なにがしの代金を支払っている間に、通りには一人も居ないのであります。まあそんなわけで、次姉のいうように、職場で恋愛しろったって無理な話なんです。

しかし私とて、家庭もちの同僚が、まんざらうらやましくなくもないのです。尤《もっと》も、会社の机のひき出しに赤ん坊の写真など入れて、開け閉めするたびに眺めて悦に入ってる男や、何気なさそうにＤＰＥ屋から持ち帰った写真をそのへんへ転がして、女の子に、

「これ奥さん？　イヤー、美人ねエ」

などといわれて悦に入ってる女房自慢の男などは、べつに何ともないのでありますが、月曜の朝、疲労困憊《こんぱい》して、

「昨日は一日、子供に引っぱり廻されて、えらい目におうてん」

などと息も絶え絶えにくる奴がいる。

「君ら、ええなあ、日曜は一日、のうのうと寝てんのやろ、ええなあ」

としんからうらやましげな風情。ぐったりして、茶ばかり飲みながら、いつまでも仕事に取り掛ろうとせず、昼になると、購買部から取りよせて来た電気製品のカタログなぞ、気がなさそうに見ている。

「何か買うのんかいな」

と聞きますと、

「また、こんだクーラー買え、いいよンねン。ほんまに女の欲求不満てキリがないねえ。どこまでいったら得心するもんやら」

と口ではいいながら、心ではあれこれと金づもりに苦労しているようす、家庭のクビキにしばられて喘《あえ》いでいるさまが、係累のない人間にしてみたら、却《かえ》っていかにも家庭もちの貫禄《かんろく》で、よろしいですなあ。疲れ切った同僚がうらやましくみえるのはそんな時です。

で、あるとき彼が、麻雀に誘うので、彼の団地へいってみました。いささかケンはあるが充分美しい奥さんが出て来て、所狭しと並べた箪笥《たんす》や子供ベッドの一隅で卓を囲んでいる私たちに、にこやかに接待してくれる。やっぱり家庭はええなあと私は陶然とする気持で便所へ立ったら、玄関の暗がりで奥さんが旦那《だんな》をこきおろしているわけです。

「何時ごろまでするつもりやのん？　ええかげんに止めてもらわな、寝られへん」

「わかってる、わかってる」

「食べるもんは何も、よう出しませんよ。ごちゃごちゃするの、めんどくさいさかい」

「何ンぞ飲みものないか」

「粉末ジュースやったら、あります」

「粉末ジュースが飲めるか、あほ」

「人を月末にひっぱって来て何いうてンのよ、おたんちん」

「何をッ、おたんちんとは何や」

声をひそめているだけに、物凄《ものすご》い殺気があふれます。

どうもいけない。結婚しよう、家庭づくりにいそしもう、という気持が雲散霧消してしまう。万事につけて争いごとの不得手な私にはとても打々発止《ちょうちょうはっし》と渡り合うことはむりです。

次姉の家から帰った私は、二、三日たって、彼女から電話を受けました。

「また来てるのよ、次のんが……」

「何がですか」

「縁談にきまってますよ。こんどこそ、うまいこと、いくかもわからへん」

「いや、……当分、結構ですわ」

と私は声も力なく、

「まあ、見送らしてもらいますわ」

もう、何もかもわかっておるのです。

ハッタと電光石火の一べつからはじまって、(この、見合での最初の一べつは鋭いものですな。どこから食おうかという猛獣のようにハッタとにらみ合う。一べつの内に相手の過去現在未来の全てを見通す眼力でねめつけ、値ぶみして、にこやかに愛想笑いで毒牙《どくが》をかくしつつ、そろりそろりとさぐりに掛る)そうして、お互いに幻滅を感じ、幻減したことを向うも感じただろうことも察したりして、若禿《わかは》げの額に冷や汗がどっと噴き出すような気になります。

そうして、相手の連中がかえってから、私のことを噂するのも目に見えています。

「あない禿《は》げてるとは思わなんだわ」

と令嬢。

「けど、禿げに悪人はない、いうけどな」

と母親。

「禿げはともかく、三十五まで独身で居ったなんて、どこか、けったいなんとちがう？」

と来るね。私のことを義兄は夏の蛤《はまぐり》といったが、女たちもけっこう夏の蛤で、おたがい近づいては離れ、離れては近づき、安物の星のように宇宙を放浪している。しかし私が、どうしてそういう女たちを嗤《わら》うことができましょう。私が、奥ゆかしさ、やさしさ、デリカシイ、いじらしさ、もののあわれ、やさしさ、思いやり、いたわり、心づかい、そういうものを求めて見果てぬ夢を追いながら放浪しているのと同じく、彼女たちも月給や趣味や特技や将来性や貯金の夢を追って放浪しているのですからね。どっちが高尚でもない。

その日、私がビルの地階の社員食堂で、どんぶり御飯にあじのフライという給食をたべていますと、なれなれしく肩を叩《たた》く奴がある。

土田タマ子です。

「ここへ坐《すわ》ってもええ？」

「どうぞ」

「この間はお金使わせてごめんね。すみませんでした」

と言いながらタマ子はアルミの角盆をもって来て私の前に坐る。私はこういう、女の子のしおらしい言葉が大好きであります。

「いやいや」

タマ子はお仕着せの事務服のポケットから細長い箱を出して、私の前に押しやり、

「それ、あげますわ。沼田さんにお返し」

「こんなん、宜《よろ》しがな」

と私はますますタマ子が好きになる。女の子のこういう、優しげな心遣いこそ、私の求めているものであります。

「何やしらん、高そうなもん……何やろな」

と私はとろけそうな顔になる。

「あら、養毛剤よ。去年、福引であたったもんよ。鏡台に抛《ほう》りこんで忘れてたの」

私は黙りこんだが、まあ何でもよろし。

「それはそうとね」

タマ子は前歯と片手で割箸《わりばし》を割って、

「ちょっとお話があるの。聞いて頂けません？」

「何ですか」

「絶対、秘密、守ってくれはる？」

「ハア、守りますよ。それは」

「じつは……まあ、こんなとこでいうのんいややわ、来てくれへん？　今日、……」

「どこへやね？」

「あの、……そうね」

と、タマ子はちょっとどぎまぎと、しおらしく狼狽《ろうばい》したふうで、あじのフライに目を落していましたが、思いきった風に頰を染めて、

「この間のレストラン。一階の隅で……」

というではありませんか。

「よっしゃ」

と私は思わず声を弾ませました。

「ほんとに来てくれはる？　きっとよ」

「いきますよ」

いかいでか、と私はタマ子とほほえみ交して席を立ちました。いったいタマ子が私に何の用があるのだか……年甲斐《としがい》もなく私はエレベーターに乗るのも忘れ、四階まで勢あまって階段を走って登ったくらいです。

私は私の三文小説には、よくこういう場面を書きますが、現実には、女の子からきっ

と来てね、などと言われたのははじめてです。それから退けぎわまで、私は隣席のタマ子にはへんによそよそしく、ものを言わないで、定時になると、顔も見ずに立ち、上衣をロッカーから出して大いそぎで、先日のレストランへ向ったのであります。

夕刊をひろげて、コーヒイをすすりながら待つともなしに待つ気持。

おそまきながら、これでもやっぱり青春でしょう。いまごろ宏の奴も、一ぺんできまった美しい見合相手とどこかでデートを楽しんでいるかもしれないが、私だって、……しかし、それにしてもおそいです。

六時すぎ、六時半、七時。店は混みはじめ、またちょっと空き、また、たてこむ。しかし、タマ子は現われない。

そのうち、ボーイが私に近よって来ました。

「お客さん、お電話です」

「僕?」

「ええ、――禿げた人って、呼んではるからね」

当節の学校では、モノの言い方も教えないのですかね。間の抜けたボーイの顔を見てたら、怒る気もせず、電話をとるとタマ子です。

「いやアごめんね。待たして」

「いやいや、ほんで来るんかいな」

「それが悪いけど、もうええねん」

「ええねん、とはどうや」

「ちょっとお金借ろうと思うてんけど、……ほかの人で間に合《お》うてん……連絡忘れててごめんなさいね。あ、呼んでるから、ほんならもう……」

呼んでるのは新米の青年社員でしょうか。

私は店を出て、バス通りへあるく。バスは満員で、幾台も私を追い越していきよる。腹も立てていない私を、私自身、あかん男やなあと思いました。

プレハブ・パーティ

1

「遠くへいきたい」という歌がはやったことがあった。広末《ひろすえ》はちょいちょい、その歌を思い出すのである。

「知らない町をあるいてみたい。知らない海をながめていたい……愛する人とめぐりあいたい……」

あんまり、人のいいたいことを、ぴたりといいあてているようで、かえってうとましい気がするものの、安酒場で飲んでいたりすると、頭のすみで、いつも、この歌が鳴りひびいていたりする。

いや、歌詞もメロディも忘れはてているのに、歌の雰囲気だけは、体の奥に余韻となって残っていそうな、感じである。

そうはいっても、広末はもう三十七で、妻と二人の子供もある。そういうセンチな気持になっていられるような年頃でもないのである。

しかし、何となくその思いは誰にもあるとみえ、阿倍野《あべの》のバー「シドニー」で飲んでいると、常連の一人が、

「何ンぞ、近頃、おもろいこと、おまへんか」

と、うっとうしそうな声でいっているのであった。

広末は、鉄製品の会社の社員である。通勤電車の乗り換え駅の阿倍野で、ふと降りてシドニーへはいってから、何となくそこの連中と顔見知りになって、それからはちょくちょく、シドニーへ飲みにくる。

バーといっても女の子ぬきで、男のバーテンが二人、年のいったのと、若いのと、まことに無口な、ぶ愛想な男どもだが、かえってさっぱりして居心地よい。十二、三人もはいればいっぱいという狭い店ながら、客も多いようである。

安いことも、サラリーマンにはありがたい店である。

さて、そのシドニーで、何ンぞおもろいことおまへんか、といったのは、夕刊新聞の記者の木崎《きざき》である。

「ぼろくちのもうけでのうても、スカッとすること、ないかいな」

木崎は少々、オッチョコチョイで、せっかち、早合点の気味のある三十五、六の男である。態度もせかせかしている。大阪弁では、そういう人間のことを「チョカ」と呼ぶ。チョカチョカしているからである。もっとも、当人の木崎は、シドニーの常連に、チョカはん、などと陰口を叩かれていることなど知らない。

「まあ、そら、ないこともないデ。現に僕はこのあいだ、おもろい目ェにおうた」

と、放送作家の浅山《あさやま》がいった。彼は三十二、三で、常連の馴染《なじ》みの中ではいちばん若いが、横柄な点ではいちばん横綱である。口の達者な男で、知ったかぶりするクセがあり、時ににくまれる。

「僕らみたいな、台本書きやら、役者やら使《つこ》うて、パーティやってん」

「パーティて、そんなん、べつに変っとらへんやないですか」

と、オットリ口を入れたのは、野原《のはら》という、内科小児科の医者である。彼は奈良に近い郊外の町で開業していて、時折り、休診日なんかに阿倍野まで飲みにくる。四十一、二ぐらいの、小柄でよく太った田舎医者で、バーの常連客のあいだでは「先生」で通っている。

「いや、それがタダのパーティちゃうねん」

と浅山は声をひそめ、

「ほら、ようあるやろ、アメリカでは始終あるのんとちがうか、夫婦交換パーティとか何とか、ですわ」

「はあ、つまり乱交パーティいうわけですか」

と先生はニタニタした。

「そないハッキリ、いうたらミもフタもないわけですが、つまりワイルドパーティいうのんかいな、おもろおましたデ」

と浅山は煙草に火をつけて、気をもたせるように思い出し笑いしてから、

「最初にヌード晩餐会《ばんさんかい》やって、飯食うたり飲んだり……十人ばかりの男も女も、もちろ

ん、オールストリップですわ。飯くうてから……」

浅山はまた、そこで言葉を切った。みんなは次の言葉が聞きたさにしいんとして酒をすすっていた。部屋のすみっこのジュークBOXで、音楽が鳴っており、カウンターでは笑い声が上っていたが、ボックス席は口を利くものもなかった。

「灯ィ消してそれから、まっぱだかで鬼ごっこですヮ……」

浅山はみんなの顔を満足そうに見渡した。

「それからどないしまんねん」

とチョカの木崎は、待てないように腹立たしい声を出していう。

「それからてあんた……まっぱだかで鬼ごっこしてたら、なるようになりまっしゃないか」

みんなはだまっていたが、それぞれの頭にその場の状況がいそがしく点滅しているらしいのがわかった。

広末の頭には、中世の西洋の城内でおこなわれる、血沸き肉おどるような、たのしい淫蕩《いんとう》な酒宴の乱ちきさわぎのイメージがくりひろげられた。でもそれは、いつか見た、洋画の一場面であった。

「しかし、まっ暗にしてたら、誰にあたるか、分かりませんな」

先生が、おとなしく疑問を提出した。

「そらそうですよ、そこがパーティの面白さですわ」

「しかし、男同士、女同士でつかまえることもあるでしょう？」

「そらあるかもしれんけど、まあ、適当にやっとんのん、ちゃいまっか」

「なるほど」

と先生は黙り、しばらくしてから、

「ハッハ。そういうのも、あるんですかな」

と楽しそうに嘆息した。この先生、すこし、ひびきがにぶいのではないかと思われた。

「それへ、浅山さん、行ったんでっか」

木崎記者の声は、いまはもう、うらやましさが露骨に出ていた。

「え、まア。仕事で忙しいので、僕はそうそう、つき合い切れへんよって適当にことわってますけど、いや、テレビや舞台の役者連中、遊ぶのや悪ふざけ好きやよってね、何やかや、やっとるようですわ。ハッハッハ」

みんなはまた、だまった。浅山の体験や見聞を聞きたくもあり、いまいましくもあり、というところのようであった。

「それは何でっか、やっぱり会員組織の秘密クラブみたいになってまんのか」

木崎が、さりげなく聞いたが、それはみんなの聞きたいことを代表したような具合だったらしく、他の三人はいっせいに浅山の顔を注視した。

「いや、そんなもんと違うね。勝手にやっとんのやから、今日び、あんた、そんなもんぐらい、べつにどうこういうことおまへんやろ。みんな、やっとんねから。アメリカなんか、珍しいないデ」

浅山は外国旅行をしたことがないはずであるが、アメリカの話を好んでする。自分は、食前食後にパーティやっているのだ、と匂わせるような傲慢《ごうまん》な口ぶりでいうのである。

「ほんなら、我々でも、しよう思うたら、出来るわけやな」

木崎がひとりごちた。

「人をあつめて、場所さえあったら、できるわけや」

「あんがい、みんな陰でやってるのんか、分れへん」

木崎と先生のやりとりを、浅山はあわれむごとく、

「まあまあ、そない急《せ》いてすることと違いまっせ。あんまり阿呆《あほう》なこといわんと、まじめにカアちゃん可愛がって商売に精出してたら、ええのんちゃいまっか」

と憎まれ口を叩《たた》く。

「そないいわんと、一つどや、浅山さん、会を我々にも作ってくれへんかいな」

先生は身をのり出して顔を輝かせ、

「何ぼ、要るやろ、会費て……」

「さあ。ふつぅ、僕ら、二万円ぐらいらしいけど……尤《もっと》も、僕は金払うたことないけど……いつも招待やからな」

と浅山。

「二万円」

同時に、先生と木崎と広末がくり返した。

「二万円も、ひょっとしたら掛らんのとちがいますか。ホテルの借り賃と、飲み食いの金と……」

先生が楽しそうにいった。浅山は冷笑して、

「金なんか、問題やあらへん。要は女の子集めるこっちゃ。――女の子のタチ如何《いかん》で、パーティが面白なったり、失敗したりする」

「なるほど」

「そら、してほし、いわはるのやったらしまっせ。仲間のことやさかい、仕様《しょ》ないな」

「女の子、いますか」

「TVのタレントの子で、遊び好きなんがいますよ」

「若い子でっか」

「若いのもいてるし、老けてんのもいますなあ。おもろい子に声かけときまっさ」

浅山はめんどくさそうにいい、

「はじめのうちはまあ、珍しいさかい、誰でも勇み立ってますけど、もう度かさなると、これも鼻について……へへへ」

と度かさならない素人をあざ笑うごとく、

「我々みたいになると、もう、パーティでも、もひとつぴんと来まへんな。何ぞおもろいことにめぐりあいたいという、心境ですわ」

と煙草のけむりを横に吹き、あきあきしたという顔つきをする。なれているから、まあたかと思うものの、厭《いや》な野郎である。

広末が次の週のはじめにシドニーへ寄ると、もう例の連中は来て、いつものBOXで、浮き浮きした様子で酒をすすっている。

「おい、広末はん、あんただけまだやで。みんなもう、払いこみましたデ」

木崎がチョカチョカという。その口調は年輩にしては少々、はしゃぎすぎるようにも感じられた。広末はへえ、と坐《すわ》って、

「払いこみて、あのクチでっか」

「そや。忘れたら困るがな。治にいて乱を忘れず」

とセンセがいう。野原医師は、時々ヘンな格言をいうくせがある。広末は呆《あき》れたので、

「二万円とはごっついな。皆、払うたんか、このSUKEBEめ」

「あほ。二万円も払うてわれわれ庶民クラスがどないすんねん。映画俳優や流行作家のまねしてもしょうないやろ、五千円クラスでいこか、いうことになってん」

「へエ。そんなクラスがおますのか」

「結婚式かて、いろんなクラスがあるやろ、松竹梅でいえば、梅のクラスやな」

浅山は妙なたとえでいう。給料日だったので広末は、清水《きよみず》の舞台からとびおりるつもりで、エイヤッと五千円札をむしりとり、

「ほんまに五千円でよろしのんか、安いな」

とおうようなところを見せて、無造作に押しやれば、浅山は鼻で笑い、

「いかん、いうたかて、それ以上、出されへんやろ」

ということが、いちいち傲慢で腹のたつ男であるが、何せ、勝手知ったる案内者らしいので、逆らうわけにもいかぬ。

「さて、これで四人分、五千円ずつで二万円そろたわけや」

と浅山はパチパチと紙幣をひらめかせ、

「ほな、手分けして役目おしつけよか。何もかも一人でやってると、しんどいさかい。まず、会場やが、どこぞ借りられる家をさがしてほしいな。ホテルや旅館やと人目がうるさい」

「何やったら、この際、ウチの診察室、使うてもろてもええねんけど……鬼ごっこなんかして、注射器でも壊されたら、どもならんよってな」

と、たのしそうにセンセがいった。

「阿呆の一つおぼえみたいに、鬼ごっこばっかりせんでもよろし、することは沢山《ようけ》ある」

と、また浅山は嘲笑《ちょうしょう》する。彼が一言いうとこちらは口をつぐみたくなるのが、浅山の会話の特色であるが、しかし、いま、ほかの三人が口をつぐんだのは、もっとほかにどんなことがあるのだろうか、というドキドキするような、たのしい期待からであった。

「ところで場所の責任はセンセにしようか、木崎さんと広末はんは食いもん飲みもんの世話、設備の面倒やな」

とてきぱき、浅山は指図する。

「あんたはいな」

「そら女の子つれてくることや、女の子に会費払わして参加させるねん」

「会費払うて、女の子が来よるのかいな」

と、木崎がおもわず、口走った。みんな、会費を払った上は、熱心さの度が増したように思われた。

「任しといて。僕はなれとんのや。女子大生にタレントに、まあ、女優の卵と、いろいろ遊び好き、いよるねん。ＢＢか、マリリン・モンローか、というような、可愛らしいハツラツとした、活《い》きのええ子が、居よるねン」

と、浅山はニンマリと、みんなの期待にかがやく顔を見廻《みまわ》し、

「これは一番むつかしい役目やさかいな。さて、そんならセンセはこのうち五千円で、一泊二日できる場所みつけてんか。広末はんらは、一万円で食費、雑費やな。僕は五千円で、女の子あつめてくるわ」

「会費もらうのとちがうのかいな」

「会費は会費、これは運動費やがな。何ぼ僕でも大きな声出してスピーカーで、乱ちきパーティやりまへんかと、町内中、ふれ歩くわけにもいかんやないか」

浅山は自分の出した札より、きれいな札を抜きとってズボンのポケットに入れ、

「とくに美人集めよ、思うたら、いうにいえん運動費が高《たこ》うつくのや。まあ、乞《こ》うご期

待やな」

と、みんなにグラスをあげてみせた。

2

十月の次の土曜日、広末と木崎とセンセは、六甲山《ろっこうさん》のドライブウェーをくねくねと、荷台つきの車で上っていった。

木崎のうしろにはセンセが坐っていて、運転している広末に、地図を見ながら、

「ここで右へ折れる、突き当りを左」

などと指図している。

ドライブウェーをまがりくねってあがるたびに、右に左に、山々の深いひだと、海にまでせり出した神戸の町の一部が見える。山々は美しく色づきはじめていて、黄色や茶褐色やもみじの赤が深い緑のあいまに、綴《つづ》られているのであった。

山頂へのぼりつめてから、車は別荘のある道へ折れてゆく。遊園地などのある表通りをそれたので、山道は静かになった。

「えらいとこへ来たもんやな。こんなとこしか、なかったんでっか」

「なにいうてんねん。こんな理想のとこ、あるかいな」

とセンセは言い返した。

「僕の友人の別荘やねん。夏から使《つこ》うてないさかい荒れてるけど、別荘番の売店のじいさんに頼んどいたから、掃除してくれとるはずやわ。ここやったら、あんた、鬼ごっこしたかて、かくれんぼしたかて、近所へ気がねすること要らへんし」

「はだかで飯食うてても覗《のぞ》かれる心配ないわけでんな」

「そういうこっちゃ……あ、この突き当りや」

車は道をまちがったらしく、突き当りは何かの物置き小屋が建ってる所へ出た。

「右へ折れるのとちがいまっか」

「そうかも知れへん」

三人は首をつき合わせてのぞきこみ、広末は車をバックさせて道をかえた。すると、糸杉の植わった、美しいコッテージの前に出た。

ベランダがあって、山小屋ふうの屋根が、松林にかこまれるように建っている、ロマンチックな別荘である。三人は歓声をあげ、

「これや、これや」

車をとめて、センセは鍵《かぎ》を手に握りしめ、まっ先に躍り出した。しかし、近づいてみると、標札が違うことがわかった。

もう一つの道は、山を下りて植物園へ折れる道であった。つまり、さっきの突き当りの小屋のほかは考えられなかった。半信半疑でセンセが近づいてみたら、明らかに友人の名前が、風雨に黒ずんだ板の上に書かれてあった。

「僕は炭小屋かと思うたな。忠臣蔵で、ほら、キラコウズケが引きずり出されるヤッや」

　センセがつぶやいたけれど、他の二人は何にもいえなかった。広末はセンセが気の毒だったので、やっと、

「何しろ、梅クラスですからな」

　といってやった。

　軒は傾き、扉は割れ目ができ、壁と柱のあいだにすき間ができており、クモの巣が、軒端に美事《みごと》にかかっていた。雨戸がしまっているが、雨戸をあけたら、家がぐらりと傾くのではないかと危ぶまれるほど、菱形《ひしがた》にしきいが、かしいでいるのであった。

「しかし、野天より、ましでっせ」

　気をとり直した風に、木崎がいった。そこで三人は鍵をあけて中へはいることにした。

「五千円で一泊二日いうたら安いもんやで」

　センセが板敷きの床を掃きながら、強調する。台所に炭もあり、居間には坐る椅子もテーブルもあったので、まあ、そういうとこやろ、と広末も木崎も同意した。

　三人は酒や、チーズやハムや、おむすびなどの袋を、家の前に置いた車から何度もはこびこんだ。

「ＢＢや、マリリン・モンローは大丈夫かいな」

　センセが、いった。

「浅山が連れてくるのやったら、まちがいないのとちがいますか」

「こっちは準備完了。酒もあり、料理もあり……」

「毛布もあり……」

　と、貸し毛布を持って来た木崎がいう。

「すべてOKやのに、かんじんの女の子がまだやな」

「持ちよって材料組み立てるようなもんやな。肝心の釘《くぎ》がぬけとる」

「プレハブの家、建てるのやあるまいし」

　三人は埃《ほこり》を払ったソファの上で、持って来た酒壜《さかびん》の栓をぬくことにした。それよりほかすることがなかったからである。じつに、それはつまらない眺めの家であった。

　居間になる室の窓からは、木立ちと、へんてつもない崖《がけ》がみえるだけであり、玄関をあけ放ったら、愛想のない、平凡な往来が見えており、右手は草むらで、その向うは灌《かん》木《ぼく》の茂みに掩《おお》われた山肌がつづいていた。

　木崎はナイフを使って、ハムのひときれを切り、皆の前へ、紙皿にのせて置いた。

　それから、浅山と美女の一行が、地図を頼りに、ここへくるのを、一刻でも早くみつけようとして、チョカチョカと、何度も外へ見にいった。

　広末は、センセが積んできたポータブルテレビを調節した。映像が安定すると、三人はしばし、酒をすすりながら、目をこらして見たけれど、でも、ちっとも頭へはいってこなかった。やがてひろげられるべき楽しい乱痴気さわぎ、酒池肉林の宴会や、肉体の輝かしい饗宴《きょうえん》への期待で、頭の中はかっかして、ふくれあがってくるからである。

「しかし、ええ空気やな」

と、また、センセが強調した。家はボロボロ家で、ながめもよくないので、センセの労にむくいる言葉のなかった他の二人は、ほっとして、じつにいい空気で大阪よりずっと美味《おい》しい、と保証した。

そうして、パーティなんか期待してないんだぞ、という顔を、三人はしてみせた。

また、テレビを見た。今は何だか、芝居の中継だった。

「くだらん」

センセが吐きすてるようにいってチャンネルを廻した。けれども、だれも、これからはじまる実話のほうが、ずっと楽しくて興味がありそうに思えたから、どのドラマもつまらなかった。

「テレビとは目でかむチューインガムなり」

と、センセがまた、古びた格言をいう。

「いまのうちに、買い物の精算しまひょか」

広末はいった。会社の経理部員である彼は、精算してない公金をもっているのが苦痛である。ほかの二人は、なま返事していた。

広末は上衣のかくしから、スーパーマーケットの領収書を出して来て、いつも持っている小さいソロバンを入れはじめた。そのレシートの裏にはいちめん、赤い字で『ビックリスーパー・ビックリスーパー』と、スーパーマーケットの名前が斜めに刷りこんであった。

「木崎さん、ちょっとよみ上げてくれへんか」

「何をや」

「このレシートと手帳つき合わせて、金額よみあげてくれへんか」

「よっしゃ。……おむすび三百円、奈良漬け二百円、ハム五百円……かまぼこ四百円……」

「何や、もうやめえな。気分こわれるやないかいな」

と センセがうんざりした。

「そんなもん、あとでええがな。何もいま、これからいうホノボノしてるときに、ソロバン入れることないやろ」

「さよか」

と広末もしかたなく、しまいこみ、

「しかし、ビックリスーパーて、やっぱり安おまっしゃろな。あない、各地にチェーンもってるとこ見たら」

「ふん、そら安い、いいよった、ウチの女房《よめはん》も、ビックリスーパーへいきよる」

と、木崎も話に入って来た。そこで三人はそれぞれ、土曜日曜の一泊旅行について、どうウチのよめはんをいいくるめて来たか、ということを話題にした。

3

待たされるのもはじめは楽しみだが、一時間、二時間となると興ざめである。たそがれの色が濃くなって、三人とも寒くなってきたが、いっこうに浅山の連れは姿を見せないので、待ちくたびれて、不興になって来た。

そのとき、

「ごめん下さあい、ちょっとお尋ねします」

と女の声がした。

「来よったデ」

センセと木崎がはね起きた。

「いや、道まちごうたハイクの人らしいでっせ」

広末は玄関からのぞいて報告する。

「何でや」

何でやといったって、見れば失対の小母《おば》さんのごとき四十前後の年ごろの婦人が一人、リュックを背にして、スキーズボンに登山靴というういでたち、これがパーティに出る御仁とは義理にも思えぬ。

「何ですか」

と広末が出ていくと、女はさっさとこちらへ尻《しり》を向けて靴の紐《ひも》をといている。尻を向けたまま、うつむいて、

「ここ、野原センセのおウチでしょ」

「あんた、誰ですか」

「浅山センセと一緒に来ましたんよ」

「えっ」

「ここで一泊して、あしたは芦屋《あしや》のロックガーデンへ出るつもり……」

と、山小屋のつもりでいるらしい。

「おい、話ちがうやないか」

と男三人が、こちらで目引き袖《そで》引きしているうちに、

「こんにちはア……」

と若い女の声がとりどりに玄関できこえ、いっぺんに小屋はにぎやかに沸き返った。よみがえったような心地がして、先を争って男たちが出てみると、意気揚々とした浅山を先頭に、女たちが、さきの失対小母さんをふくめて五人、若いのやら若くないのやら、オモチャ箱を引っくり返したように、嬌声《きょうせい》かまびすしく、

「あら、汚い小屋ね」

「暗いなあ。電灯ぐらいじゃかすか、つけたらどやのん。しぶちん」

「浅山センセ、これセンセの別荘?」

「あら、おいしそうなおむすび。頂きまあす」

と、耳も聾《ろう》するばかりのさわぎ。

「どや、五人やで」

と浅山は男たちに通ずる笑いを送り、

「飲むもんあるのんかいな、ぼちぼち、いこか」

「ふん」

といったが、男たちはみな度肝をぬかれた。若いことは若いが、女の子たちは堂々たる体格のグラマーぞろいで、中にさっきのリュックのおばさんも、リュックをおろすと、ああああと、大きなのびをして、手が天井につかえそうになる大女である。

「おいおい」

と浅山が犬を呼ぶように手を叩《たた》いて女の子たちを集め、

「どや、酒でも飲んで景気つけて、ぼちぼち、かかろか」

「ぼちぼちかかるて、何すんのん？」

「何って、あれやがな」

「あれって、何やのん」

キャーッと、女の子の嬌声。まるで、男たちが、オチョクられているとしか思われぬ。

「あした、芦屋へ越える人は夜ふかししないで、早く寝ること」

と矢対小母さんは浅山の言葉を封じて、

「われわれ女優にとっては睡眠不足は美容の大敵ですからね。六甲山で遊ぶ人は自由行動。ただし、あしたドラマの本読みのある人はおくれないように局へくること」

　広末が思い出したのは、いつもドラマで女中役や、長屋のおばさん役をする脇役女優だということだった。彼女が、彼女は劇団の幹部でもあるらしく、浅山より、女の子たちには説得力があるようである。

「これ、頂いてもええかしらん」

　一番若くて可愛らしい女優の卵が、食卓の食べものを指した。

「どうぞ」

　というより早く、ワッと女の子たちの手がのびて、嵐に見舞われた木の葉のごとく吹き払われ、食卓には何一つのこらず。

「おい、浅山はん、これで大丈夫かいな」

「何が」

「何がて、食い気ばっかりで、色気ムードが出えしまへんやないか」

　とセンセは不足顔である。

「そら、ついたわ、すぐかかれ、ちゅうような無粋なことができますか。腹ごしらえでもして、酒でも飲んで、ゆっくり、いうとこですな」

　浅山もやけっぱちみたいに答えた。その間も、

「浅山センセ、おトイレ、どこかしらア」

「浅山センセ、お風呂《ふろ》ないのかしら……」

と催促されて、男たちはトイレに洟紙《はながみ》をもって走り、或《あ》るいは風呂場にたきつけにおもむき、ゆっくりと話し合うひまさえ、ないのであった。毒食わば皿までと浅山はやけくそで、

「どや、ゴーゴーでも踊らんかね。何かラジオでもつけてみい」

誰の携帯ラジオであるか、たちまち、凄《すご》いボリュームをあげて鳴りはじめ、女の子たちは足をふみ鳴らして乱舞する。口うるさい失対小母さんも、口ずさみ、家鳴り震動せんばかりで、男三人は顔をしかめて隅っこに坐《すわ》っていると、

「おじさん、踊らない。おしえたげるよ」

と若い子にいたわられて、センセはいまいましそうに、

「君、会費払うたんかいな」

「何の会費」

「浅山さん、何も言わなんだかいな」

真っ赤なミニスカートの女の子は髪をふり乱して踊りながら、

「六甲の別荘へいって遊ぼか、いうてはった」

とばかりで見向きもしない。

「いつ電灯消しまんねん」

と木崎がにこにこと、男たちのたむろしている場所へ来て、聞いた。

「まあ、ちょっと待ちいな。急《せ》いてはコトを仕損ずる、いうやないかいな」

「どれというて、あまり別嬪《べっぴん》もおらんですが、僕は、あの青い服の子やな」

「僕はもう、目うつりしてどもならんな。一人二人、年よりをのけて、あとよろしな」

「いずれあやめか、かきつばた、そこで電灯けしの花」

と木崎が浮かれて、スイッチを切った。

キャッといっせいに声があがり、その声で男たちはとび上がりそうなほど、驚かされた。まったくそうぞうしい、けたたましい叫びであって、広末は「阿鼻叫喚《あびきょうかん》」という古めかしい言葉を思い出したほどである。ドタドタと物が倒れる音がして、人間のうめき声がきこえ、ついで、パッと電灯がつくと、浅山が腰をさすりながら、壁に身をもたせていた。

「誰や、いま僕の腰、蹴《け》ったん――」

「そうかて、イヤラシイことするんやもん」

「僕とちがうやないか」

「すみません、でも誰かやったんです、あたしのスカート、まくりはってんもん」

「キャーッ、いやらしッ！」

と女の子たちは、笑い崩れた。

「おいおい、僕とちがう、いうてんのに」

と浅山はやっと起きあがり、

「えらい力で、蹴りよった。殺生な奴ちゃ」

「痴漢のいる所で、女の子を泊められませんわ」

と失対小母《おば》さんは正義の女神のごとく立ちはだかった。

「どうも、浅山センセ、私も女の子をたくさんあずかってますから、困るんですよ。そんなこと……ほんとにウブな子供たちですからね」

「そうね、男はみんな狼よ」

キャーッと娘たちの嬌声。うぶな小羊にしては、食べっぷりが旺盛《おうせい》だったのであるが。

女の子の一人がセンセに近づき、

「おじさん、年いくつ」

「僕は四十二ですが、何ですか」

「あっ、わかった、さっきのいやらしい人、おじさんでしょ」

「僕は何もしませんよ。どうしてですか」

「そうかて、四十男はイヤラシイ、ていうやありませんか」

キャーッ。（注　女の子の声）

「先生、どこか寝るところはありますの」

と失対小母さん兼舎監のごとき古手女優が、責めるように浅山を見た。

「まあ、そこらの上で寝て下さい。毛布ならありますからな」

「もし風邪でも引かせたら国家的損失ですわ。大阪のテレビドラマはぜんぶ、穴があくわけですわよ」

と舎監は脅迫するごとくいう。

「そういう、えらい人々に来てもらっては全く恐縮でした」

と浅山が言った皮肉は、舎監先生には通じないようであった。

「そこのカーテンをしめて頂けます？」

彼女の声に、男たちは玄関にちかい三畳ほどの板の間へ追いやられ、夜更けたとみえて寒さとみにきびしく、仕方がないから肩寄せ合って、

「あ痛。……チョッ、さっき、えらいこと腰骨をどつかれてしもて……」

と浅山がこぼすと、センセは、さすが商売柄、手を出して撫《な》でさすってやり、

「どこやね？　え？　ここかいな……ええ気持ちやろ——まあ、そろそろ四十腰やからな」

とマッサージする。

「腹へって来たな」

と憮然《ぶぜん》として木崎がつぶやき、チョコチョコと腰を浮かして食卓をさぐったが、台風一過、一物も余さず平らげられている。

もはやこれまでと浅山を怒る元気もなく、

「どない思うて来よってんやろ」

とセンセのつぶやきは、みんなの心の中のつぶやきでもあった。

「いや、ほんまは、ご連中、山の別荘へ招待する、いうたんや」

「そらあかんわ」

広末がためいきまじりにいった。

男四人は板の間にうすべりを敷いて、たった一枚の毛布、女たちの掠奪《りゃくだつ》からのがれたのをたがいに引っぱりあい、身を寄せあって眠ろうとしたが、カーテンの向うで、たたみの上に座ぶとんや毛布を敷いてぬくぬくと眠っている女たちの寝言や歯ぎしりが、うるさくて眠れない。

トロトロとすると、寒さで目がさめ、

「ひもじさと寒さと恋とくらぶれば、恥ずかしながら、ひもじさがさき――とは、こういうことやな」

とセンセのヘンな歌より、

「ああ、あしたは子供にみやげでも買《こ》うて帰ったらんならん」

とつい出た広末のつぶやきの方が、男たちには身にしみるようであった。

ことづて

1

夢野町のまん中を流れる夢野川の堤防の上で、寒い早春の日の夕方、吉田《よしだ》サヨという婆さんがかっぱらいにあい、六万円もの大金を奪《と》られるという事件があった。

しかしそのことが誰にも知れなかったのは婆さんがなぜか黙っていたからである。婆さんはどこへも届けなかったので、事件は闇から闇へ葬られるところであったのだ。それがひょんなことから明るみに出たのだが、それも婆さんが言ったのではない。

いったい、この吉田サヨ婆さんは、夢野町では有名なおしゃべりだと言われている。とてものことに大金を奪られて泣き寝入りするような、しおらしい仁ではなく、また金が掃いて捨てるほどある家でもない。

息子が一人あって、姫路《ひめじ》市内の中学の数学教師をしている。謹厳実直な四十年配の男で、まだ高校生の子供と妻があり、要するに婆さんを入れて四人家族の平凡なつましい暮し、先祖代々からの家で、裏庭に畠《はたけ》などあるくらいの、ごくふつうの中流家庭だ。

サヨ婆さんは六十七歳だが、十ちかくは若くみえるので、近所ではいろけ婆さんと陰口を叩《たた》いたりする。五、六年ほど前に連れ合いが卒中で亡くなってからは、とみに若返ったという評判である。

はしゃいだ、きんきん声でものを言う。人前に出るのが好きで、ひまがあると下手な俳句の会をのぞいたり、謡《うたい》の会へ出席したり、民謡踊りの講習会へいったり、白髪を染めたりしている。体も達者なら気も若く、年寄り扱いされるのを厭《いや》がるような婦人なので、もうろくして届け出を忘れたというのでもない。

どうして事件が知れたかというと、話はあべこべだが、かっぱらいした本人がしゃべったのである。

この男は宍粟《しそう》郡から出て来た不良で、喧嘩《けんか》傷害で警察にひっぱられたのだが、余罪を追及されて、ついでにサヨ婆さんのことをしゃべっている。

自動車整備工の見習いで、ちょっと頭の廻《めぐ》りのトロくさい若い衆である。

「金曜の夕暮れであります。夢野川の堤防さして歩いていたら、向うからバアさんがきました。吉田のサヨ婆さんだす。僕はすぐわかったけど、向うは気がつきまへんやろう。こっちはマスクしとったさかいに。

婆さんが胸に抱くようにして袋抱えとるので、僕は金持っとんのやないかと思うたのであります。寒うて一杯やりたいのに、一円もないんで、むしゃくしゃしとりましたから、どしんとつき当りざま、かっぱろたりましてん。

婆さんは金切り声で追いかけましたけど、僕の足にはそらかないません。僕は上町橋まで走って、橋げたの下へ袋を放下《ほか》し、財布をぬきました。袋は黒いビーズ編みの奴で、昨日見たらありましたさかいに、まだおますやろう。財布の中には一万円五千円千円の札とりまぜ、六万円とちょっとおましたから、僕はびっくりした。

　えらいこっちゃと思いました。僕はたかだか二、三千円ぐらいやろう、と見当をつけておったのです。しかし今更返しにもいかれまへんので、そこへ来たタクシーに乗って、姫路へ出ようと思いました。

　車の中で、もっぺん、札束を勘定してましたら、運転手がバックミラーでのぞいておるのです。何や感じの悪い男で、僕は胸さわぎしたのであります。そいつがニヤッと笑って、

〈兄ちゃん、ええことしはりましたな〉という。〈わて、「見てましてんで。堤防に車とめて小便してたさかい〉といわれては、僕も出さんわけにいかへん。一万円札ぬいて、〈まあ、これで、あんじょう頼むわ〉とごまかしたら、ヘッヘッへと片手ですぐとって、〈ほな、まあちょっと飲みまほか〉というのですわ。夢野橋のたもとにおでんやの屋台が出てまっしゃろ、あこで飲んで、また屋台のすし食うて、五千円くらい両方でかかって、それみな僕に払わしよりまんねん。それからあこの橋の向うに駐在所があります。赤い灯がみえてくるとその運転手また、〈なあ兄ちゃん、どれ位あったんか知らんけど、わてが黙ってたらこれ、あんたはええことのしっ放し、もうちょっと張り込んでもろてもええの違いまっか〉と言いよる。ほんでまた一万円出したら、〈もっちっともろても、バチ当らへん思いまんねが、なあ兄ちゃん〉

こいつ、しんねりむっつりと、交番の赤い灯をふり返りふり返り、ほんまにいやな奴ですわ。また一万円やって、あほらしゅうてあほらしゅうて。泣き面にハチだすわ。

車のりかえたろ思うて、町の中へはいって止めてんかといいました。町はずれの淋《さび》しいとこですわ。路地へはいって車の通りすぎるのん待って出てみたら、後から車がブーブー、まだ待っとってついてきよる。〈へへへ、このへん中々、車来《け》えしまへんで、乗んなはれ、乗んなはれ、こんな所でボサーッとしてたらかっぱらいにやられまっせ〉また一万円乗ってからとられて、僕もう、あたまに来ましてん。上には上がおますわ、思い出すたんびにくやしい。

ナンバーは見まへんでしたが夢野タクシーです。顔は見たらわかりまんね、モンタージュ写真に協力しまっさ。

僕かて、こんなこと、言いとうおまへん。言いとうおまへんけど、考えたらあんまりえげつのうてむしゃくしゃするやおまへんか。弱い者《もん》の足元につけこむいう、その卑怯《ひきよう》な精神に、僕の正義感が許さんのだす。ぜひつかまえとくんなはれ、ああいうゴロツキ雲助が走っとるかと思うと、われわれ市民は安心してタクシーにも乗れまへん。お巡りさん、頼まっさ」

2

サヨ婆さんは警察からの照会に対して、あくまでそんな事実はない、と言い張っていたが、黒ビーズの手提袋が上町橋の橋下から出て来て、息子の嫁が婆さんのもちものであると証言してから、青菜に塩のようになって、六万なにがしの金は自分のへそくりで、夢野信用金庫からおろしたところのものであると白状した。

しかしその用途については何もいわない。

「まあええわ、そらおばあちゃんのもちもんやから、何に使おうと勝手やけども」

と息子はいった。

この息子は堅物で顔も引きしまった、まじめ一点張りの、かりにもふやけたところのない人間であって、サヨ婆さんはわが息子ながらにが手なのである。息子の堅物は、親爺《おやじ》ゆずりなのであって、うっとうしい連れ合いが死んでやれやれと思ったのも束の間で、こんどは息子がその位置にとってかわって、

「そない出歩きなはんな」

とか、

「ちょっと晩は早う帰って来て下さいよ、子供の手前もしめしがつかん」

などと煙たい叱言《こごと》をくらわせたりする。で、婆さんは、怖い息子の眼をぬすみぬすみ、

出あるいているのである。外出のときはいちいち、

「公民館へ夢野町音頭の踊りを習いにいくわな」「おハナさんの家でお茶飲んでくるわ」とかいって息子の許しを得なければいけない。すると息子は監督者よろしく、じろりとみて、居丈高になり、

「ええ気になって遊び歩いてるのやおまへんで。早う帰って下さい、ええ年齢《とし》して」と訓戒を垂れたりする。どっちが親か子かわからない。

息子の嫁は、これは無口な陰気な女で、息子の言うとおりにしており、サヨ婆さんにつらくも当らなければ特に親しむというのでもない。高校生の孫息子は親爺の監督下に受験勉強にけんめいである。

サヨ婆さんは、この息子の上に、もう一人の息子を死なせている。その戦死者恩給が下るのと、パートタイムでお手伝いさんをしたりすることがあるので、小遣はちょいちょいはいる。貯金が六万円ほどになっていようといまいと、婆さんの勝手やとはいうものの、息子は今さらながら好奇心をもったふうで、「お婆ちゃん金持やな」と感心し、

「しかしまあ、そんな大金を日が暮れて暗《くろ》うなってから、持ち歩く阿呆《あほう》がおるかいな」

と改めて叱った。

「もうたいがい、奪られた金は返れへんやろ。どうでも要る金でっか？　ほんならウチのん使《つこ》うといたらよろし、何やったら出しますで」

「いや、もうええ、もうええ、もう要らんねん」

サヨ婆さんはあわてていい、

「もう済んでしもたんやもん」

と小さくいう。

「済んだ？　何が」

「なんでもあれへん、こっちの話や」

「人に金でも貸しなはんのか」

「ちがうねん、ちがうねん」

「しかし、わざわざ貯金おろして日の昏《く》れ方、持ち歩いてるところみたら、よっぽどせいてる金だしたんやろ？」

と、息子は窮屈な男だから、もう不問に付すという口の下から、また問いつめるのである。大体サヨ婆さんはこうなるから、届け出なかったのだ。

しかしサヨ婆さんはシラを切ったり、黙秘したりできない性質である。彼女は顔をちょっとうす赤くした。年にしては色白で、まだ充分つやつやした頬なので、しわはあるけれども頬垂れの、童顔である。眼がすこし下がって、笑うとしわだらけのお多福《たやん》になる。

「あのな、わて、東京へいこ、思たんや」

と、とうとうサヨ婆さんは告白した。

「東京！　遺族旅行団ですか？」

息子はすぐいった。

「ちがうのや」

「靖国《やすくに》神社参拝団とちがいますのか」

「ちがうねん、梶英太郎《かじえいたろう》の会や」

「そんな親類、いてましたかな」

「映画俳優やがな。ソレ。歌も唄《うと》うてる」

「それがどないしましてん」

息子の謹厳な顔に、不審の表情がただようのを見ると、サヨ婆さんは今にも叱られるかとビクビクしつつ、

「後援会やねん、東京であるねやが、もう行かいでもええのや、もう過ぎてしもた」

「役者の後援会にいくやてか！　あほも休み休みいうてんか、いったいおばあちゃん、いい年とし何ぼや思うてるのや」

とやっぱり息子は呆《あき》れて、

「ええかげんにしいな！　とし考えてみ、とし」

「そないボロクソに言わんでもええがな」

とサヨ婆さんもむっと来た。

「そやから誰に迷惑かけるでもない、わての貯めたへそくりで、わてがいくのや。何も文句いわれることあらへん。東京へいて、一晩とまって、後援会の大会へ出るのに、誰

にも義理の悪いことあらへん。年に関係ないやろ」

「ないやろ、いうたかて婆さんは婆さんらしゅう、寺まいりするとか、何とか」

「わて、そんなんきらいや」

「きらいで済むかいな、それが年よりの仕事やわ。おじいちゃんの七年がもうすぐ来るのに、ちとその用意でも考えてなはれ」

「そんな、辛気くさい、陰気なこと、わて好かん」

「わがままばっかり言いなはんな、ハタチやそこらの小娘やあるまいし。人聞いたら笑いまっせ。ようまあ、そんな、役者の後援会に東京へいくやてな。金とられてよかった、わし恥かくとこやった、人聞きのわるい」

「何が人聞きわるい。誰に気兼ねするもんあるかい」

「ちと世間に気兼ねしなはれ」

と親子の舌戦になった。この親子は気性も生きざまもまるきり反対なので、言いあいになると、どっちも譲らない。その上、だんだんエスカレートしてくるのはサヨ婆さんの方である。何が寺参りや。何が七年や。

「生きてる内にせんど苦労させられたんや、死んでからもまだ世話焼かせられるのんかなわん、死にっぱなしにしとけ」

「ようそんな乱暴いうな、お婆ちゃんの亭主《むこはん》やないかいや。ふつうの女房《よめはん》はな、みなちゃんと仏壇掃除して墓へまいってるで。お婆ちゃんどや。毎朝、手ェあわしたこと、一ぺんでもあるか。わしが見とったら、あわててしとるだけやろ。よう知ってまっせ」

「あんなもん、心で拝んどったらええのんや」

「あんなこと、いうてる。お爺《じい》ちゃん化けて出よるで」

「化けて出たらまたケンカしたるわい。ごてごてうるそうに言うとこ、お前はほんまにお父さん似じゃ。仏さんいうもんはな、生きてるもんが機嫌よう、ちゃーんと暮しとったら、あの世で喜んではるのや、別に手ェ合わして毎日拝んでもらおうと思てはれへん」

「ようそんな、勝手な理屈こくわ」

「いうなら、わてが梶英太郎の後援会へいくのんかて供養やわい」

息子は、婆さんの暴言に絶句して、婆さんが足音もあらく家を出ていったあと、台所のテレビを見ている高校生に、

「梶英太郎て、どんな奴や」

と聞いた。この高校生は青白い受験勉強亡者で、いまも英語講座に見入ったまま、

「知らん」

という。

「何じゃ、若いもんのくせに、年よりとあべこべやな」

妻は女のことでさすがに知っていて、チャンネルを廻《まわ》してくれた。ちょうど梶英太郎が若侍の旅姿で大うつしになっている。

「何や、小芋の皮むいたような男やないか」

と息子はあっけにとられた。梶英太郎は二十三、四の、ツルリとした男前の男で、べつにどことといって非の打ち所のない顔をしていたが、またべつにどことといって魅力も発見できない、そういうたぐいの役者だった。

妻は、まだしもサヨ婆さんから話を聞いていて、息子ほど驚かない。

「ちょっと前に、後援会から、おばあちゃんあてに手紙が来てましたさかい、ははあ、思うてました。前から、そらもうえらい熱でしてん。梶英太郎が出て来たら、手ェ打って目輝かして見とってでした。もう胸がドキドキしてたまらんのですと。梶英太郎の映画、夢野劇場へかかったときは七へん、見にいきはりました。この町の名物いうたら、鮎《あゆ》とそうめんやさかい、夏になったら送ったげるねん、いうて今からえらい張り切ってですわ……」

「もうええわい！　けったくそわるい。年よりの気の若いのんもいやらしいもんや」

と息子は憤然としていった。

この町には息子の従兄《いとこ》が居って、何かにつけて相談相手にし合う仲であるが、従兄は婆さんの話を聞き、

「そら、サヨおばさん、茶飲み友達でもさがしたげた方がええのんちがうか」

というのであった。従兄といっても五十近い、分別ざかりの男である。町役場につとめていて、もう課長であるが、定年が遠くない。

「茶飲み友達？」

と息子はいやな顔をした。

「あんた、そんなんいやか？」

「そらまあ、お袋がそれで幸福やったらかめへんけど……」

「そうしい、そうしい。おばあさんは気も若いし、まだ年にしては若《わこ》うて元気や。バイタリティおまっしゃろ、そら寺まいりや何やという気にもなれんわなあ。一日おって体もて余すやろ」

「いや、いまは団地が出来たんでちょいちょい、女中にいったりして小遣いかせいでるらしい」

「そんな元気あんのやったら、もっぺん嫁入りさしたげえな。何ちゅうても、……」

と従兄は言いかけてやめた。（あの色気ではな）というところであるが、やっぱり息子を相手にいうのは、はばかられる気がしている。

サヨ婆さんが家で縫物をしていると、この従兄が、ふらりとはいってきた。従兄は縁側に坐《すわ》っている婆さんをみて、近隣の人間が、〈いろけばあさん〉と陰口を利くのもむりはないと思った。髪も少ないがかもじでほどよくふくらませ、着物もこざっぱりと垢《あか》つかず、頰は赤らんで見苦しからずふくれている。入歯であるが、口元もおかしからず、体つきも大きくなく小さくなく、昔からおしゃれであったが、いまも首すじに白いはんけちなどあてて、すっきりした前垂れをしている。

「おばさん、あのなあ、話があるのやが」

と縁へ坐ると、サヨ婆さんは老眼鏡ごしに見て、愛想よく笑い、

「何やいな、清一郎《せいいちろう》はるすやがなあ。みんなして買物に出たがな」

ときんきん声でいう。その声が、いやに華やいでいるように聞えるのも、梶英太郎のことを聞いてからである。

「いや、るすならかまわんが、おばさん、それ、袋田の荒物屋のじいさん知っとるかいなあ」

「ふん、知っとるがな」

「あそこの婆さん、去年死んだ」

「おやそうか、はあ、そういや、聞いたような気もする」

「そんで、あの爺さんはやもめじゃ」

「当り前や、嫁はん死んだらやもめになるやろ」

「まだ六十五やで。元気な人やな。知ってるか」

「知ってるがな、何べんいわすねん」

「どない思う」

「何を」

「何をて、爺さんを」

「ちょっと愛想はわるいけど、正直な働きもんやわな、ええ人や」

「よろしおまっしゃろ」

「何が」

「いや、あの爺さん、ええなあ、思いなはるやろ」

「ええ人や」

「ほんならどないだす」

「何をいな」

「いや、そら、言いまっしゃないか、茶飲み友達……」

きくや否や、サヨ婆さんは、カンラカンラとうち笑い、

「あほくさ、擱《お》いてんか、わて年寄りきらい。じいさんは好かん、汚ないよってに」

といった。

3

いつか、こんな夢野町の山間僻地《へきち》にもテレビのロケ隊が来たことがあって、出好きのサヨ婆さんは一ばん前で見ていた。ドラマは何やら明治物らしく、髪を結った娘や、ざんぎり頭の書生や、フロックコートのひげの官員が群れていた。

撮影は中々はじまらない。裏方さんのような人が、いつまでたってもうろうろと走り廻《まわ》っているだけである。

そのうち、道傍の石に腰かけている男に婆さんは気がついた。男は書生風で、小倉《こくら》の

はかまにかすりの着物をつけており、屈託のある風をして、ぼんやりあたりを見廻していた。

男は美しい顔をしていた。それは撮影上、効果的に仕上げるため、ドーランをぬって厚い化粧をしていたせいと思われる。その若い男は少々疲れている風で、付人の青年に桃色の錠剤をもらって飲んでいた。

それからコップの水をひとくち飲んだところで、

「おい、これ何や？」

と聞いていた。サヨ婆さんは、役者というものは東京弁を使う特別な人種だと思っているので、びっくりした。ぞんざいな、しかしサヨ婆さんには親しみやすい関西弁である。

「ビタミン剤です」

と付人がいった。美男はコップの水をふきげんにまき散らすと、また屈託ありげにぐったりと坐った。

それはサヨ婆さんの好みの顔であった。娘時分にも歌舞伎など見たことはなく、活動写真が好きで、林長二郎《はやしちょうじろう》のファンであったが、男はそれを少し幼稚にくだいて現代風にしたような顔をしていた。その明治書生風ないでたちといい、サヨ婆さんは魂が天外へとぶように恍惚《こうこつ》とした。まことに好いたらしい男であった。

昼食を食べてからまた出ていった。今度は色紙を買ってゆき、折りたたみ椅子に坐っていたその美男におそるおそるサインを頼んだ、女学生たちが、持っていったのを見たからである。

男はだまって受けとると、くにゃくにゃした字で書いた。梶英太郎と思って読めばそう見える字である。サヨ婆さんは最敬礼してうけとると、男はふいに目を前の山にあげて、

「あの山は何という山ですか」

といった。ほかに人はいないからサヨ婆さんに聞いたにちがいなかった。

「ガッチャ山でございます」

と婆さんはつつしんで奉答した。

「ガッチャってどんな字」

「さア、字は……ないのんと違いまっしゃろか、みなそない呼んでますけど」

「その隣のは」

「ガッチャ山でございます」

「同じですか？」

「はア」

とサヨ婆さんは申訳なさに脇の下に汗がじっとりとにじみ出て来た。この美しい青年の気に入るようなことを何とかして言いたかったのであるが、夢野町の住民が想像力貧困なためか、物臭《ものぐさ》のためか、あたりの山はみなガッチャ山というのである。

「あのう、あちらの山やったら、天神山と申すのんでございますが」

とサヨ婆さんは言ったが、北側にある山はこれまた四つ五つ、みな天神山なのである。

平凡でぱっとしない山と、石ころだらけの川原のまん中に、無造作に坐っている美青年は、サヨ婆さんには掃溜《はきだめ》の鶴《つる》のように見える。

見れば見るほど美しい、絵から抜け出してきたような男であった。濃い眉《まゆ》の下のすずしい瞳《ひとみ》は、パッチリしていた。首も手も脂がのって、うすそうな、若々しい、つやのある、なめらかな肌をしていた。桜色の肌である。

サヨ婆さんはきれいなもの、若いもの、新しいものが好きである。いままで、そんなものの実物は身のまわりにはなかったのであるが、ほとんど生れてはじめて、そんな美しいものを身近に見たのである。サヨ婆さんは気が遠くなるような思いで、足をもつらせながら、帰ってきた。

それからは、ほとんど梶英太郎のことばかり考えている。サヨ婆さんには家来か手下のような、おハナ婆さんという友人がいて、これは息子が養鶏場を経営していて気楽な隠居であるが、気のいい婆さんでサヨ婆さんのいうことにすぐ同調して捲きこまれ易いのである。おハナ婆さんはすぐ、サヨ婆さんにつづいて、梶英太郎のファンになった。

「ほんに見たら見るほど、よろしおまんな」

とおハナ婆さんはいった。

「あの、侍になったんもよろしが、現代物で服着て出てくるのもよろしで」

サヨ婆さんはいう。

「へえ、現代もんもよろしな。服着てるのもまたよろし」

「今様なようでいて、昔風でもあり……何となし、やさしそうで、ちょっとこう、薄情なところもありまんな」

「へえ、やさしそうで薄情そうなところのあるのがよろしな」

とおハナ婆さんは相槌《あいづち》を打つ。

尤《もっと》も、サヨ婆さんのいうことに反対したためしはないので、反対していたら、根性のしっかりしたサヨ婆さんが、いつまでもつきあう筈《はず》もなかったであろう。おハナ婆さんもいううちにだんだんそんな気になってきたらしく、二人そろってテレビの梶英太郎を見るときは、入れ歯を落すほどきゃっきゃっ！　と笑って昂奮《こうふん》するのであった。

しかしサヨ婆さんは、ひとりになると、おハナ婆さんにも言われぬほど、辛《つら》い思いを味わう。

この苦しい片思いは、サヨ婆さんにしてみると、テレビで見ている内にだんだん募ってきたのである。

（あの山は何という山ですか）

といった彼の声まで、まざまざと思い出されるような気がする。つくりもののように美しい、わかい男がこの世にいて、自分はそれと言葉を交したということも信じられぬ位に思われる。辛い切ない苦しい思いである。

（えらい人を見てしもうたもんや、会わなんだらよかった）

と思う位である。しかしそれかといって、現実の梶英太郎と、どうかしようという気はない。サヨ婆さんは若い頃から夢みがちなところはあるが、さりとてみんながいうように、色キチガイの、はで好きの、金棒引きの、遊び好きの、ということではないのである。

夫は息子と同じように朴念仁《ぼくねんじん》の男で、これといって趣味も道楽もあるわけでなく、庭の掃除や風呂《ふろ》たきぐらいがたのしみで一生を終ってしまった。しかしサヨ婆さんはお花を習ったり、俳句の会をのぞいたり、そういう文化の匂いや教養のまねごとが好きなのである。かといって、自分には何も作る才能はないので、まねごとであることは心得ている。何となくそういう気分さえ味わえればいいのであった。サヨ婆さんは夫のほかに男も作らず、ややこしいこともしていない。それは彼女が却《かえ》って夢想家だったからかもしれない。

だから袋田の荒物屋の爺《じい》さんが、自分の茶のみ友達の候補になっていることを知って、サヨ婆さんは憤然としたのである。

「何もな、わては茶飲み友達が欲し、いうて頼んだおぼえないねん。あんたも世話焼きやな、何、スカタンしとんね」

とサヨ婆さんは甥《おい》をきめつけた。

「そやないがな。おばさんも行く末、一人でいるよりは同いどしのと二人居るほうが気楽で支えにもなるやろうし。またきいたら、あれや、テレビのタレントのえらいファンやいうやないかい。そんな気の若いとこあるのに、一人で居ることないがな」

「それとこれと別や、なんぼいうても、そらわからんわ」

サヨ婆さんは針箱の中に、週刊誌で見た梶英太郎の写真を切りぬいて入れている。見るたびに、ほうっと太いため息が出る。

梶英太郎の顔は、色んなことをほうふつと思い浮かばせる。しかしそれは、ふつうの思い出とまたちがう。

たとえば写真アルバムを見たらわかりそうな、女学校時代や、鉄工所へ勤めていた夫と結婚した姿や、息子を抱いている丸まげ姿の自分やらとはちがう思い出である。

そんなものと一しょにされてはかなわんのである。そんな現実のむさくるしい思い出ではない。

梶英太郎の姿からうける感動的なイメージは、「己《おの》が罪」という古い小説の一場面や、あるいは「金色夜叉《こんじきやしゃ》」の舞台、栗島《くりしま》すみ子や高田稔《たかだみのる》といった昔の映画スターの面影、若いころの心のふとしたうごき、親類の家であった見知らぬ青年に心ひかれたおもいで、自分がはじめて持った美しい錦紗《きんしゃ》の裾模様《すそもよう》や、終戦後に米と換えてしまったヒスイの指《ゆび》環《わ》……そういう、美しいもの、切ない、ときめくようなものの思い出、今までの人生の一ばん美しい部分の思い出、甘い部分の思い出。

そういうものがからんでいるのであった。

それを思い起させる手掛りが、梶英太郎の美しい男ぶりの写真なのである。若さということ、美しさということ、そういうものが、梶英太郎の姿になって凝り固まっているような気がサヨ婆さんには漠然とするのであって、

「えらい、気ィが若いやないかいな」

などとケタケタ笑われては、美しい思い出まで汚れてしまう。ちがうのだ。あほらしい。えらい方角ちがいやと、サヨ婆さんは説明するのもいやらしいので、黙っていた。

こういう気分は、しょせん、他人には話してもわからぬものなのであろうか。いやらしいといえば、袋田の荒物屋のじいさんもそうである。

爺さんはサヨ婆さんの甥から話がいっていたのかいかずか、何とやら、サヨ婆さんにふしぎな当り方をするのである。

いつか、夢野団地へいこうとしてバス停でバスを待っていると、偶然爺さんが来た。白い剛《こわ》い毛が頭のてっぺんにつんつんと生えていて、あごにも同じように剛い毛がブラシのように生えている。背が低くてがっしりした爺さんである。だぶだぶのズボンにジャンパーを羽織り、スタスタ歩いて来たが、

「やあ」

というような顔で、サヨ婆さんに挨拶《あいさつ》した。

「こら、どこへお越し」

「団地ですねん。手伝いにいってます」

「なるほど。あんたよう働きなはるさかいなあ」

バスが来て、二人は乗った。一人分の席しかなく、爺さんはサヨ婆さんに掛けさせ、自分はその前に立っている。いつもなら、こんなことはせず、挨拶してべつべつに別れてしまうのに、サヨ婆さんはうっとうしく、

「おいおい、陽気になりまんなあ」

と話しかけてくるのもわずらわしい。

「まだ寒うおまっせ」

「いや、それでも風のあたりがちがいまん——けど、ここ寒うおまへんか、閉めまひょか」

と爺さんは背後のガラス窓の少し開いたのを気にしていった。

「あの、つかんこと聞きますけど、あの山は何でっしゃろ」

サヨ婆さんはふと首を捻《ね》じまげて、背後の山を指してみる気になった。

「ガッチャ山だすか」

と爺さんは身をかがめ、

「へえ、そのとなりだすけど」

「右が天狗《てんぐ》山、左がキンカン山だすわ」

「あら、みんな名ァがおますのん」

「そらおますわいな」

爺さんは調子に乗り、

「こっちは、端から天神山、ダラニスケ山、弁天山……」

「あら、そうだすか」

「わからんことあったら聞きなはれ」

「みんな名ァがおましたんやなあ」

いうたげたらよかったと、サヨ婆さんは怨《うら》めしそうに次々と形をかえて過ぎてゆく低い山脈を見ていた。山裾《やますそ》をめぐる川は澄んでいる。

「この夢野川の鮎《あゆ》は、いつごろからとれまっしゃろ、やっぱり六月でっか」

「さいな、いっぺん鮎料理食いまほか、ええ店がこの上流に出来たんだす」

爺さんは勢いづいて、

「たまにはうまいことせんと、あほらしいてなあ。わたいらこれ、若い時から働いて来たばっかりで、ちっとも、ええ目みてまへん」

「………」

「そやのに、若いもんはいまどき、遊び放題、遊んでます。あほらしいてあんた――いつまでも持つ命やなし、ぼちぼち死に土産に遊びまひょいな」

「そうだすな」

「ええとこ、ここ五、六年でっせ。サヨさん、あんた歯ァ達者だっか。わたい、歯も目も達者だんね。へえ、若い者に負けしまへん。これから馬力かけて遊んでこまそ、思てまんねん」

「えらい元気やなあ」

「せえだい、若い時分の損をとり返さなあきまへん」

と爺さんは煽《あお》るようにいい、

「いうたら何だすわ、わたいらの時代は、前の年よりと今の若いもんの板挟みになって、谷間の時代で、ええことしてまへんさかいなあ。まあ、がんばりまひょ」

「へえ、がんばりまひょ」

「わたいらの青春はこれからだす」

と爺さんは大いに力んでバスをおりていった。

それからしばらく、爺さんはちょいちょいとまた、家まで訪ねて来ては、「わたいらの時代」を煽りたててゆく。

「おい、どないや、うまいこといきそうかいな」

と従兄《いとこ》は息子にさぐりを入れ、

「どないやろ、あんまり爺さんがハッスルしすぎて、お袋が難儀しとるみたいやなあ」

と息子は言い、

「ほな、ちょっと手加減したろか」

と従兄は爺さんに向って、

「ここのお婆ちゃんはなあ、えらいハイカラでなあ、――梶英太郎という俳優にまいってまんねん」

と笑いながら話したことがあった。

爺さんはいたくライバル意識を煽られたとみえて、次の日曜日に、めかしこんで、

「鮎はおまへんけど、川魚料理くわしまんねん、ええ店おまっせ、いきまひょ」

と誘いにきた。

「あれ、爺《じい》さんといったんちがいますのんか」

と息子は呆《あき》れ、

「ふたりで料理屋へいくいうて、もう朝から出て、先途《せんど》になります」

「おかしいなあ」

という頃、サヨ婆さんは電車に乗っていた。

ひょうひょうとした感じで身内は軽い。東京の後援会に行こうと思ったときはまだ何やら昂奮《こうふん》があって、新幹線の切符を買おうと思って、外出して、チンピラに襲われたのであるが、今日はもう一週間も前に買ってある。梶英太郎の家もちゃんと調べてある。駅からタクシーに乗ってまっすぐいって梶英太郎にあい、またまっすぐ帰ってくればよいのだ。泊ったり何したり、と思うから荷厄介、さっさと帰れば日帰りができるということを、サヨ婆さんは夢野駅の切符売場で聞いたのである。

東京駅といったって、たまにいく神戸駅も大阪駅も同じような感じでとくべつの感懐

はない。新幹線は眠っている間に着いてしまったし、何やら最初から勝手がわかった感じである。ただ、梶英太郎の家までのタクシーが長くて長くて、サヨ婆さんは金高ばかりを心配した。

梶英太郎の家は、すぐわかる通りにあった。角地で鉄筋の二階建である。表札には梶という一字が出ているだけで、サヨ婆さんは鉄の柵《さく》に顔をつけて、植込みをのぞいていると、玄関前から車が走って来た。車は門の手前で止り、男が出て来て、門をあけた。

その男は梶英太郎にたいへん似ていたが、どことなくちがうようでもあり、しかし全然違うというのでもなく、要するに、まぎらわしい感じである。

「あのう、ここ、梶さんのお家でっしゃろか」

サヨ婆さんはいった。

男はいそいで車を出そうとして、うわのそらでこちらは見もしなかった。

「ウン……」

といった。彼はかば色のセーターに紺のブレザーをつけていた。

「梶さんにお会いできまへんやろか」

「いま、るすや」

と男は簡単に、関西弁で答えた。

女の子が何か叫びながら植込みの向うから現われ、男は返事して、赤いセーターの女の子を車へのせてやった。

「いつ、帰ってですか？」

「わからん」

と男はいい、こんどはドアをしめながら、はじめてサヨ婆さんを見た。

やはりどことなく違い、どことなく似ていた。

「何かあったら、ことづてしとくわ」

「ほな、これを」

サヨ婆さんはみやげに持ってきた「夢野餅《もち》」という名物を渡した。

男は受けとって女の子にみせ、女の子が大きなトンボ眼鏡をかけながら肩をすくめたので、男はそのまま後ろの座席へほうりこんだ。

「ほな」

男は車を出してしまったが、サヨ婆さんはやっぱり、梶英太郎のような気がするのだ。今日の梶英太郎はドーランも塗っていず、美しい色の顔料も用いていないので、日に焼けた、平凡な現代青年にすぎなかった。それで違うようにも思ったのであるが、やはりどうやら、ほんものであったらしく思われる。

サヨ婆さんは、こうなることを予想していたように思った。自分は、こういうことを知っていたんだ。しかし別にそれはそれでよいのであって、がっかりしたり、力をおとしたりする気にはならなかった。ふしぎに朗らかな気分がした。

それよりも、新幹線に乗ったり、梶英太郎の邸宅を見たり、東京の空気を吸ったということが、何ひとつ自分をおどろかしたりしていないことにおどろいた。東京も新幹線も、サヨ婆さんを感動させるに足らないのだ。

　そうして梶英太郎のホンモノが、平凡な、ありふれた青年で、憑《つ》きものがおちたような気がしたあとも、サヨ婆さんには、あの邸《やしき》の奥ふかく、ホンモノの、桜色に輝く肌をした、絵のように美しい明治書生風な梶英太郎がいる気がしてならなかった。

　その思いは、夜おそく、夢野町へ帰ってくると、ますます強くなった。茶飲み友達候補のうるささや、息子の口やかましさや、そんないやらしいものでいっぱいにみちた、俗臭芬々《ふんぷん》たる町へ帰ってくると、美しい梶英太郎はますます実在して来た。

「あ、しもた」

　とサヨ婆さんはふいに家の手前で叫んだ。

「ことづて、しといたらよかった。山の名はキンカン山、天狗山……」

へらへら

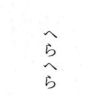

もしも、蒸発したのが、夫の浩三《こうぞう》ひとりであれば、私はまだ救われたのです。でも隣の奥さんもろとも、というところが、私を七転八倒させるんでございます。

私、その朝ははやく起きてみて、そばにいるはずの夫の浩三がいないので、びっくりしました。床は敷いたままで乱れていませんし、更にはキチンに出てみると、ゆうべの食事がそのまま、ふきんをかけられていて、白々とした朝日に照されてるんです。

私はゆうべ十一時までテレビを見てやすみました。浩三の帰宅がおそいときは先に眠っていて、夫は合カギではいることにきめてあります。しかし、夫は帰宅しなかったのだ。つまり、きのうの朝、会社へ出たきり、家へよりついていないというわけであります。

けしからん。

こういうときの私の気持といえば、憂慮よりも憤怒《ふんぬ》に占められるのです。

何をナマイキな。男コドモの分際で、無断外泊とはけしからんやないか、とひとりでいきりたってくるんです。

夫の永谷浩三は、出張と、以前、盲腸手術で入院したときのほかは、かつて結婚以来、家をあけたことはありません。神戸の製薬会社につとめていて、定刻きっちりに家へ帰ってくる。私より四つ年上の三十四であります。

色が白くて、眼が切れ長で、まあいうなら虫喰《むしく》いの古いおひな様みたいに古風な顔で、当世はやりの男前ではありませんけれど、まあ体も丈夫ですし、性質は大きな声もたてたことのない、ごくおとなしい、やりやすい男です。

何でも私のいう通りにして、ことさら自分の意見があるようにもみえません。不足もグチもいわず、今年から幼稚園にはいった一人娘のミカの相手をして遊ぶのが、唯一の道楽という男。そういう男が無断外泊したということはです、つまり私に対して意思表示をしたことになります。その点が私、シャクにさわってならぬ。

私をこわがってないのか。何をシャーシャーとしとんねん。タダですむ、思たらまちがいやで。

そのうち、幼稚園バスの時間が来ましたので私はミカを連れて下りました。四階の緑《みどり》川《かわ》さんだとか、内野《うちの》さんだとかが、それぞれヨッちゃんやマー坊の手を曳《ひ》いて下りてきました。お早うもそこそこに内野夫人が、

「ゆうべは、主人がおそくにお客さんをひっぱってきて、往生したわ」

「ほんと、男ってねえ……」

「自分のことしか、考えてへんねんから……」

「起される身になってほしいわねえ」

私も相槌《あいづち》を打ちつつ、ニコヤカにいい、それでもゆうべ、ウチのは外泊しましたとは、

口が裂けてもいえぬ。女の意地というものでございます。

ミカを送ってから、会社へ電話しました。会社にはありかけたことはありませんが、いくら私でも一応、在否だけはたしかめませんと、まさかとは思いますが、交通事故、行倒れということもございます。まあ、そういう派手派手しい事故がおこるような男じゃないのだ、平々凡々が服を着たような奴ではあるのですけれども――。

交換手が引っこんで次に夫の声、と思いましたらこれが案に相違して再び、交換手嬢の声。

「今日は永谷さんはまだお見えになっていませんけど」

「へえっ。休むんでしょうか」

「さあ。届けは出ていないそうですので、おいでになると思いますが、今のところはまだのようです」

「出張じゃないんでしょうね」

「ちょっとわかりかねますが」

「すみませんが聞いて頂けますか」

出張ではない、という返事でした。キツネにつままれたようで、しかしだんだん、腹が立ってきます。電話を切るとますますボルテージがあがってきました。

(いま出てくりゃ怒らないけど、もっとあとになったら怒るよッ)

私の推量では、ゆうべ帰りそこねて、私の機嫌をそこなうのを恐れるあまり、会社へ出るのもこわくて、あちこちほっつきあるいているのだろうというものです。

定刻になっても、夫は帰りません。食事の支度をしていた私も、さすがに気がかりになりました。

夫の実家は広島ですが、いまは両親ともなく、兄の代になってからはあまりいきません。

大阪に夫の次兄がいますが、次兄は船員でほとんど一年中家にいませんから、たぶん、夫はそこも訪れてはいないでしょう。

何ということなく、私はソワソワとしてきて、いったって仕方ないのにそのへんでも歩いてみようという気になりました。気のよわい男ですから、団地の入口あたりでこちらの窓をうかがいうかがい、オドオドと入りかねているのかもしれへん。ミカを連れていっては、夫を引っ立てて帰るのに不便なので、お向いの川添《かわぞえ》さんのドアを叩《たた》きました。

ここにはミカより一つ下のタッちゃんという男の子がいて、いつも子供を快くあずかったり、あずかってもらったりする仲です。

「奥さん、奥さん」

と私はドアを叩きました。

ベルの音は甲高いので、知った仲では声だけをかけることにしています。

返事がないのでるすかしらと思って引返そうとすると、ドアがするりとあいて、川添氏が顔を出しました。

この人は明石《あかし》の公務員ですが、大きな体つきに似ず、おだやかで気の優しい人で、ウチの浩三なんかと、仲も良く、囲碁の仲間です。

川添さんははんけちを顔にあてて泣き出しました。顔が涙で腫《は》れ上っていました。

「奥さん、ウチのが……ウチの信子《のぶこ》が……」

「えっ、奥さんが急病でも」

川添さんは首を振って声も出ないようす。

「事故……?」

「家出しましてん」

川添さんはよよと泣き崩れんばかり。

「もう、どうしてええやら、目の前、まっくらですわ。働く気ィ無くしてしもた……」

と大きな立派な鼻をずるずるいわせ、

「こんなこと、あってええもんだっしゃろか、なさけない……」
ヒ、ヒヒヒ……と川添さんが声を発したので、私は笑っているのかと思ったら、すすり泣きをかみ殺そうとしているのです。
「かりにもあんた、家の主婦でっしゃないか、なさけない、あんた。……子ォもあるのに」

「家出って、いつから……」

私は変な予感がした。胸さわぎ、というアレです。

川添さんはうずたかい膝《ひざ》を崩れるように折って坐《すわ》り、

「きのうから帰らしまへんねん。……そいで、今日、帰ってもまだ居りません。ふっと冷蔵庫の上見たら、こんなもんが……」

と小さい紙片を出しました。川添夫人の字で、

「ご迷惑かけてすみません。離婚して頂いてけっこうです。死んだモノと思って下さい。卓也《たくや》をたのみます」

と短い走り書きでした。

私はあわててとって返しました。ますます胸さわぎがしました。バタン！　とドアをあけて一目散に夫の部屋へ。部屋と名のつくほどのものじゃなく、机のある隅っこなんですけど、学生時代からの机のひき出しをあけてみようとして、勢いあまってひき出しを抜いて尻餅《しりもち》つきました。やっぱりというか、意外や、というか、手紙が入ってたんです。「モト子様」となっています。

「まことにすまない。ミカをたのむ。あとはよろしく」

と簡にして要を得ているけど、何をどうよろしくするのやら、そこが腹立つ、というのだ。おのれよくもよくも。しゃらくさいことをしよって……というのがいつわらぬ気持。

いかにのんびりした私といえども、わかりました。となりの奥さんとかけおちしよったのだ。

私が困ったのは、こんなとき、どういう顔をしていればよいかということでございます。

川添さんがよよと泣いた以上、私は先取りされたかんじで、同じように泣けない。もとよりニコニコする事がらでもなく、怒り心頭に発していて、昔のサムライの、あの不義はお家のご法度というか、重ねておいて四つ、というか、ものすごい緊迫感と怒りが、今さらの如くわかるのですが、しかし、どうしても川添さんの如く天真らんまんに、よよと泣けない。

泣き叫んで悲しむ前に、腹が立つ、あたまにくる、というのは、サムライの如く、面目つぶされた、女の顔に泥ぬられた、さアどうしてくれる、という、いわば女の武門の意気地。

「どこか、心当りはありませんか」

と私は引き返して川添さんにいいました。

「奥さんとウチの主人とでかけおちしたのよ、川添さん、か、け、お、ち！」

「ひえっ」

川添さんは間延びした目鼻立ちをくしゃくしゃにして一所にあつめ、身を揉《も》んで辛《つら》がるのです。それをみると私、ムカムカしてくる。

阿呆《あほう》、男のくせに泣くな、と一喝したい心持。しかし考えてみると、男だから身も世もあらず、よよと泣き崩れるのかもしれぬ、女はぐっと堪《こら》えるのだ。顔で笑って心で泣いて、というのが女の心意気。いちいち男の腐ったようにメソメソしていられぬ。痩《や》せても枯れても女一匹であります。私は声励まして、

「川添さん！　しっかりしなさいよ、そんなに辛がってばかりいないで、心当りでも考えてみましょうよ、私、実は意外だったんでまだ信じられへんのですけど、それらしい風情やそぶりでもあったんですか」

「あるもんですか、そんなんわかりまッかいな。信じられん、どないしても信じられへん……信子！　オマエ、どこへいってしもたんや、ぼくをおいて……」

と川添さんはあられもなくとり乱し、阿呆、そんなふうだから女になめられてヨソの男とかけおちされるのだ、とはいうものの、それではそっちはどうだといわれると困るけど。

「ぼくをおいといて、ようそんなことができるもんや……ぼくはなあ、よう離婚せんで……離婚なんか、ようせん。オマエのこと、よう思い切らんでエ」

なんという腑《ふ》ぬけな男だと私は舌打ちした。

私ならヨソの女とかけおちしようというような男、ゼッタイに許すこっちゃない。しかしこのままで泣き寝入りという気にはなれぬ。

ハラが立つからです。未練の、愛情の、というのではないのです。目の前に引きすえて面罵《めんば》してやりたいからでございます。私ならたとえ浩三が前非を悔いて戻ってきても、面目上、家のシキイをまたがせるこっちゃない。

しかし、こんこんと諭して、向うがすっかり本心にたちもどり、頭を下げて、あれは一時の気の迷いであった、と詫《わ》びるならば、話は別です。

「警察へいくべきでっしゃろか、それともテレビの家出人さがしと、どっちが早うおまっしゃろ」

と川添さんはいい、何いうとんねん、女一匹、テレビの前で恥がさらされるかい。

「世間ていがありますからね、私はどうもテレビなんかに出る気にはなりませんねえ」

「さよか、しかしぼくはこの際、世間ていなんか、もう構うていられへん気持ですわ。見栄も外聞もおまへん、信子が帰ってくれるのやったら、チンドン屋しても練りあるきますわ」

と川添氏は涙おしぬぐい、そこまでくれば私も軽侮を通りこして、ふびんがかかり、いじらしくなります。

この川添さんの奥さんという人は、貧血ぎみのほっそりした、細おもて、洗いさらしたような美人です。川添さんが執心するのはむりないのですが、あのおとなしげな容姿の内側に、こういうあざやかな切れ味をかくしもっていたとは、いまいましいやら、ひそかに感心するやら、しかし腹が煮えかえるほどくやしいのは申すまでもなく、夫に対する以上でございます。

その点は川添さんが、ウチの浩三を憎く思うのと同じでしょうが、川添さんはただもう奥さんのことばかり言い、何もほかのことは考えられぬようす。

「この写真、どうです、ようとれてますやろ」

と信子さんの写真を手いっぱいにひろげ、そのあいまに洟《はな》をかみ、涙をおしぬぐい、

「これは去年の夏、天橋立《あまのはしだて》に海水浴にいったとき、これはおとどし、奈良のファミリーランドへ子供づれでいったときですわ……」

ともすると涙で声がかすれ、いますぐにでも写真抱えてテレビ局へとびこみそうな気配です。私は写真を手で押え、

「そやけどねえ、あんがい二、三日したら、ふいっと帰って来はるかもしれへんし、川添さんも気にかかりはるやろけど、もうちょっとがんばってようす見はったらどうですか、私、そんな気ィもするの、今夜にでも二人そろうて帰りそうな……」

「それやったら、ぼく、今晩ドアあけとかな……」

と川添さんはたちまち喜色をうかべ、

「いつでも帰っといで、という気持でこれからカギかけんことにしまっさ」

「それは、不用心ですよ」

「物盗りより何より、信子が帰ってくれる方がうれしい」

と阿呆《と》につける薬もなく、川添さんはまたしょんぼりして、

「けど、ひょっとしてまた、心中でもせんやろか」

「まあ、その心配、ないのんちゃいますか」

「もしかしてわるいことでもおきとったら、ぼくも生きてる気ィおまへん」

あほらしくて聞いちゃいられぬ。

ミカとタッちゃんが帰って来て、おなかがすいたというので、川添さんの分も、私は食事をつくって運びました。とんだ板割《いたわり》の浅太郎《あさたろう》で、川添さんはタッちゃんにぶこつな手つきで食べさせています、私もミカと二人で何やらしょぼんと食べ、

「パパは？」

というミカに、パパ、出張といっておきましたが、川添さんとこではママのるすを、タッちゃんに何と説明するつもりかしらん。

ミカを風呂《ふろ》に入れてやすませ、気はいらいら、いらいらするものの、どう手の下しようもなく頰《ほお》杖《づえ》ついて思案していると、

「奥さん、奥さん……」

と川添さんの忍びやかな声です。

いったい、ウチはお向いとは仲がよかったので、川添さんは碁や将棋をするために、よくこうして夫を訪れていたものです。

夫もまた、夜おそくまで川添さんをたずね、ときには菓子や茶を持参して私も子供連れで向うのテレビを見ることもあり、私も川添夫人も幼稚ですけれど麻雀《マージャン》をほんのすこしかじるものですから、四人そろってかこんだりして、まあ、今までは、理想的なおつきあいだと思っていた。まさか、夫と川添夫人が、私たちの目を掠《かす》めてそんな仲になっていようとは。

私が怒るのは、だから、鼻を明かされた、というそのことの腹立ちです。いかに自分がトンマでマヌケでウカツであったかということで、川添さんの顔を見ると、間抜け同士、自己嫌悪になりそう。川添さんは上りこみ、

「奥さんはさっき、ああ言いはりましたけど、やっぱりぼくは、警察へとどけるべきやと思いまん」

ときっぱりいい、

「そらそうですね、でも警察じゃ、ほかの仕事が忙しくて、家出人まで手を廻《まわ》していられないらしいですよ」

「そうでっしゃろか。そしたら、ぼく、大阪でも神戸でも行って、繁華街で立ってまっさ」

「写真もって？」

「写真もって、弁当もちで」

川添さんは当り前という顔で、

「奥さんあんたも一緒にいきはりますやろ、明日あたりから立ちまほか」

「川添さん、あなた、人間の意地、いうもんないんですか」

と私はいまは情けなく、

「ようそんな、恥ずかしいこと……」

「オノレの女房《よめはん》とりもどすのん、何が恥でんねん」

と理屈はまさにそうですが、何や歯車かみ合わぬ。川添さんはマジメな人で、べつだんかわった所もケレン味もない人なのですが、まじめなだけに、一たん歯車がかみ合わないとゆうずうがきかず。

「でもね、川添さん、私どう考えても、こんなこと想像でけへんのやけど、川添さん何か思い当ることとあった？」

「さあ。それでんねんけど」

川添さんはしょげこんで、

「そら永谷さんはぼくより男前やし、信子がふらッとなったん、あたり前かもしらへんけど、信子の方からもちかけたと思えん」

「ほな、ウチの主人がそそのかした、いいはるんですか、私はウチのこそ、こんな大それたことするような男と思われへん。こんなことする人とちゃう、そら、そっちの奥さんに誘惑されたんやわ」

「なに信子が、そんなことしまッかいな。そら亭主の僕がよう知ってます。内気でおとなしい奴ですからな」

「内気でおとなしい人がよう人の亭主とかけおちするねえ」

「そやさかい、くどかれてつい、ふらふらと……」

「くどく、てウチの永谷ですか、そんな器用なことができる男とちがいますわよ。女房の私がよう知ってます。ウチのはちょっとでも曲ったことのきらいな正直者です」

二人で言い合いしてもはじまらぬ。

「しかしうまいこと、かくしよりましたなあ」

「ほんと。恥をいうようやけど、私、信じ切っとった」

「ぼく、人間が怖うなりました。今まで生きてきた分、みなご破算や。こうなると認識あらためな、いかん」

「どっちが、いうより魔がさしたんでしょうねえ、二人とも」

こっちの二人もしばらくだまりこみ、そのうちシクシクと泣き出したのは川添さんで、

「ああ、奥さん、ぼくもう、信子がほんまに還《かえ》らんのやったら、死んだほうがマシですわ」

などという。わかくてしないしなとした、いい男がいうなら風情もありますけれど、大男でいかつい目鼻立ちの、ボイラーマンか北洋独航船の乗組員みたいな、ごつい中年男が、太い指で目頭を拭《ぬぐ》っていうのですから、ふびんを通りこして、いささか、もてあましぎみです。おかげさまで私が気うつになるどころではありません。

私はお茶を淹《い》れて出した。夫のぶんの夫婦《めおと》湯呑《ゆのみ》ではなく、ふつうの客用湯呑です。川添さんは泣き泣き茶を飲み、私はふと、こんなに執着されている川添夫人が妬《ねた》ましいような、また川添さんがバカらしいような、まあ女というものは自分以外の女を好いてる男をみると、あほらしくもじれったくも思うものですから、フフン！　という気でもあったのです。

川添さんは考え疲れたのか泣きつかれたのか、ボーとして坐《すわ》っていて、テレビを見るともなく見、その姿は途方にくれたような、ちょっとあたまのわるい子供が叱られてるような、何ともいえず、あわれさをそそるところがあるのでございます。

正直にいいますと、私は全然、今までとべつの眼で川添さんをながめるようになりました。

私、こんな純情朴訥《ぼくとつ》な男を見たことがない。逃げた女房に未練がのこり気がのこり、身も世もなく泣きまどうて慰めの言葉も耳に入らず。魂ぬけた人のようにトボトボして、半袖《はんそで》のポロシャツのボタンを一つかけまちがえて衿元《えりもと》がねじれているのにも気付かない。何だか、その気性が可愛くて、（ええ人やなあ）と思いました。それまでは、川添さんのことをちょっと抜けた、人のいい男としか思わなかったのですが。

「ほなまあ、今夜はひとまず……」

とよろよろ川添さんはたちあがり、逃げられた同士、まぬけた顔を合わしていても名案も浮ばず、私も川添さんを送り出してドアをしめましたが、一ばん中、夫が帰るのではないかと耳をすましていて、これは川添さんを笑えない。

翌日、川添さんは役所を休んだらしく、

「これから子供をあずけにいきます」

とタッちゃんを抱いて家へ顔を出しました。

「もうご飯はたべたんですか」

「いや、お袋のウチで食べさそと思て」

「おなかがすきますよ、ちょうどいまミカが食べていますからどうぞご一緒に……」

「いや、いや」

というちに、ミカが走って出て、

「タッちゃんおあがりよ」

というものですから、タッちゃんは喜んで父親の腕からすべりおり、それにつられて川添さんも上らずにはいられない。

男が愁わしげに肩をおとしている風情、秋海棠《しゅうかいどう》が雨にぬれた、とはいえませんが、まあ松の木が嵐にたわんでいるようで、ちょっといいものであります。

「熱いコーヒーでも上りますか。まだでしょう？」

「はア、何もノド通りまへんわ、ゆんべから。——いま頃どこに……と思うたら」

ええかげんにせえ、といいたい、私は夫のことを気にかけぬというのではありませんが、私の方は気が強いのか、捨てられたという悲しみより、何をしゃらくさい、という反発心と憤怒《ふんぬ》でいっぱい。

悲しみにまで手が廻《まわ》らん。

「だめですよ、そんなことでは。体が大切なんやから……ご親類に電話で聞きはりました？」

「どこへも廻ってないようでした」

「ウチも電話してみたんですけど……そういうてひょっこり帰ってくるかもしれへんし、それ思うたらあんまりさわいで、恥をかくのも……と思いまして」

「へえ、それがあります」

と川添さんも沈痛にいう。

「今日は二、三日子供をあずかってもらうついでに、大阪を廻ってさがしてみよう思いますが、一しょにどうですか」

「でも、サンドイッチマンみたいに首へぶら下げるのはいやよ、私の夫をさがして下さい、なんて」

「ほんなら黙って歩き廻っとったらよろし」

私もミカを大阪の義兄の家にあずけ、川添さんと大阪のミナミを歩くことにしました。どこへいってもえらい人で、そして何とはなしに人ゴミで疲れ、物思いに疲れ、二人ともぐったりしてやっと心斎橋《しんさいばし》の、喫茶店におちつきました。

「おたがいにえらい目にあいますわね」

つくづくといわずにはおられぬ。久しぶりの大阪の町も屈託ある眼には何の楽しみもなく、それは川添さんも同じ思いとみえて、言葉すくなでした。

「それでも、こうやってると、また気もまぎれまッさかいな」

「そういうことね」

コーラを飲みながら私は、川添さんの顔を見ました。明るいところでみると老けていて、けっして夫より男前というのでもありませんが、今はそれすらも川添さんを信用できるあかいしのように思えるからふしぎです。

　ふしぎといえば、こんな所で川添さんと差向いになっているのからしてふしぎである。互いに夫なり妻なりから捨てられて、いまだにそれが信じられず半信半疑で、うろうろし、がっくり来ているなんて、自分でもまだ現実と思われない。――景気直しやと思い、

「ついでに食事でもして帰りましょか」

　と私は提案し、家へ帰っても待ってるものが居らんのは川添さんも一緒、

「そうでんな」

　ということになり、エビス橋ちかくの食堂ビルへはいりました。

「うわあ、えらいごつい食堂やな。このビル、上から下まで食堂やろか」

「そうですよ、やっぱり大阪ですわねえ、食い倒れとはよういうたものや」

「たまにはこんなとこも見な、あきまへんな」

「そういうことですよ。夢野団地の片すみにばかりくすぶってたら時勢おくれになってしまうわ」

　私たちは、川添さんが肉は好かぬというので魚料理にし、ついでにいっぱい飲むことにした。何でわるい。何にもノドを通らぬはずの川添さんまで、美味《うま》そうに飲み、

「思えば、こういうとこへ、いっぺんも信子を連れてきてやったこと、おまへん。働く

ばっかりで遊ぶこと知らなんだ、それが悪かったんかもしれまへんな」

と述懐する。

「そりゃそうよ。いまどきの二十代の若夫婦は、二人でよう遊んではるけど、私らなんてそうそう遊んだもんでもありませんよ」

「適当に金も使わな、あきませんな。思えばぼくとこ、家をたてるつもりで切りつめて貯金せい貯金せい、いうたんが悪かったんかもしれへん」

と、みんな悪いのは自分のせいにする歯がゆさ。おいおいネオンがつき、その光の洪水のすさまじさときたら、夢野駅前どころの騒ぎではありません。

「ワー、えらいもんや」

川添さんはことごとく度肝をぬかれ、私は大阪南郊の育ちですからミナミはみなれているものの、さすがに久しぶりのことで、やっぱり大都会の興奮を感ぜずにはいられない。二人ともきょろきょろして、

「やっぱり夢野町て田舎やわねえ」

ということになりました。ずっと昔に夫とのぞいた小さいバーがあるかしらと地下へもぐりこんでみると、やっぱりやっていて、川添さんをひっぱってはいる。

「この上、道頓堀《どうとんぼり》川が流れてるのよ」

と指を天井に向けると、川添さんは年に似合わず、あちこち見廻《みまわ》してうれしそうで、

「中々ええバーやおまへんか」

とにこにこして、何となく憎めない人でございます。男の可愛らしさがいっぱい。

「またちょいちょい、ここへ捜しに来たらええわ」

「何を」

「あら、奥さんとウチの主人ですよ」

「あ、そや、忘れとった」

「かんじんのこと忘れてもろたら困るがな」

「そや、それがあってん。何でこんなとこへ来てるねやろ、いうたら、その目的やってんわ」

川添さんのお酒はわりにいいお酒で、素面《しらふ》のほうがグチが多くていやらしい。酔うとサッパリと陽気になり、私はいっそう好きになりました。夫の酒はスカ屁《へ》のようで飲んだか飲まないか、わからぬ、そういうアイマイな奴だから、突如として蒸発するような無責任なこと、やらかすのだ。

「そうや、つまり無責任なんや、それですむ思たら大まちがい、人でなしや」

と川添さんもかけおち者をこきおろして気焰《きえん》をあげ、ビールと水割でいいご機嫌でございます。

そこを出てぶらぶらいくと、やかましく地ひびき立てて安音楽ががなり立て、川添さんはまたもはいってみたがる。好奇心が強いところも可愛らしい。

「ゴーゴークラブですよ。踊るところよ」

「ひょっとして、ウチの奴おらへんやろか」

「まさか。こういう所は十八、九やハタチもつれの子ばかりいくもんです」

「そらわからへん。ひょっとして居るかしれへん」

と川添さんは私の手をひっぱってはいり、大音響と光の洪水の中で度肝をぬかれ、さすがに頭が痛くなったとみえて匆々《そうそう》にとび出しました。私はそれからミカを迎えにいきまして夢野町まで遠いものですから、そろそろ帰り道につき、それでも一日じゅううろついて何となく気分がほぐれたのもたしかで、少くとも死んでるか生きてるかの心配はなくなり、

「まあ、向うもあんばい、やっとんのかもしれまへんなあ」

と川添さんは、姫路へ向う快速列車の中でいう。

「そうよ。あんがい楽しんでるやろ思うわ、——気にしたかてしょうないし、ほどほどにしときましょうよ」

「しかし奥さんは、愉快な人やねエ、ぼくおかげさんで救われました。奥さんにはげましてもらわなんだら、どうなってたかわからへん、おかげで元気になりました」

川添さんは正直ものですから率直にいってドアのところで別れしな、

「今日はどうも大きに。お疲れさん。奥さんといてると愉快ですわ」

とあいさつして、家の中へはいりました。私もわるい気はいたしません。これでも娘時分はもてたのだ。夫と結婚してからは誘う男がないから埋もれているものの、その気

になれば今でも充分、男を楽しがらせたり嬉《うれ》しがらせたりすることができるのだ、夫は私のほんまの値打ちを知っとるのやろか、と思うと、夫に対して反感がつのるばかり。あれだけ夫につくし、一生けんめいに家庭を作ってきてこんな目にあうとは、理不尽でございます。私みたいに上出来な女の、どこに不足があるというのだ、このスカタン。川添さんみたいに恋しがるどころか、夫に対して腹が立つばかり。

帰ってほしいというよりも、草の根分けても引ったてて首を抑えてギュウ！　といわせてやりたい気でいっぱい。しばらくして、

「奥さん、奥さん」

川添さんが、またホトホトとドアを叩《たた》きました。

「卓也をあずけてきたら何かさびしイて、さびしイて……不自由でも手許《てもと》においといた方がよろしやろか」

「そうね、すぐご近所のうわさになりますけどね、奥さんがいないんじゃね」

ドアの前でひそひそ話もできませんので、中へ入れてあげて、そうすると川添さんはあがって、テレビの前の卓袱《ちゃぶ》台《だい》のそばに坐《すわ》るではありませんか。ミカが遊びながらテレビを見ており、形だけは一家団欒《だんらん》のごとく、私はまた、お茶を汲《く》んで出して、これでは夫がいてもいなくてもかわらぬあんばい。ミカは川添さんになれているものですから、彼のあぐらの中にすっぽりはまりこんでテレビを見ていて、川添さんも屈託なく、テレビを見つつ、あはあはと笑ったりする。だらしない。

「いや、どうもおじゃまさん。ぼく一人ぼっちでいてると、寂しイてしゃアないたちですねん、ついつい足がこっちへ向いてしまう。すみません」

と川添さんは大きな体をちぢめてうなだれ、

「ほんまに男て、からきしあきまへんなあ。女房《よめはん》おらなんだら、糸の切れた凧《たこ》みたいなもんですわ。――奥さん、よろしイたのんます」

「私にたのまれたかて……」

「たよりにしてまんね。ぼく、いつも誰ぞたよりにせな、生きていかれしまへんね――そこへくると女の人はリッパや。いつも毅然《きぜん》としてる。男はあんた、ツタカツラみたいなもんで、大木にまきついて生きとるんですわ」

「あら、川添さんだって……」

私はちょっとだまりましたが、やっぱり言ったんでございます。

「とても率直で、そして気ィがやさしくて、私、前よりずっといい人やなあ、いう気がしますわ。それに比べ、ウチの主人ときたら何考えてるか分らん、それで最後に裏切るのやから、ほんとに腹黒いわ」

「いや、そういうとウチの信子も秘密もっとったいうのんで、ちょっとキライになったな。奥さんみたいにサバサバして裏おもてのない気性が、ほん好きだすわ」

あくる日、川添さんは役所へ出勤したが、かえりに、タッちゃんを引きとってかえってきた。

で、私はタッちゃんとミカをまず食べさせ、ついで川添さんの食事をもっていってやり、そうすると、つい私も坐りこんでビールの小瓶など抜いたりし、夫のときより話がはずみ、川添さんもうれしそう。

「ねえ、こんどの日曜、また大阪へ捜しにいきましょか」

「何を」

「何を、て、信子さんとウチの主人やないの」

「あ、そうか、また忘れとった」

と川添さんは冗談もわりかしうまく、私にしてみれば、奥さんに去られてよよと泣いていた川添さんを見ているだけに、まるで子供みたいな天真らんまんのかわりぶりが、何やら、へらへらして頼りない気もする。しかし川添さんとしゃべったり飲んだりしてて、主人より面白いのは事実なんです。どっちも正直者で開放性のあるためやろか。もしかしてこれは夫婦の組合せまちごうたんやないやろか。……人間てええ加減、へらへらなものです。

「こうしていて、ふっと二人帰ってきたら……」

と私がいうと川添さんはビックリしたようにドアに目をやり、どもって言いました。

「そ、そないならんうちに、早いとこ、置き手紙して逃げよ」

さびしがりや

安江《やすえ》と間借人のオテツ婆さんが言い合う声が聞えていた。文治が縁側に青い、まるまるした梅の実の盛られたザルを置き、新聞紙を敷き、ガラス壺《つぼ》の、清く磨かれたのを据えたりする間も、まだ応酬はつづいている。

「あんたみたいにな、昨日今日、押しかけ女房でころがりこんで来た人間とちゃうねん、はァ、こっちはな」

とオテツ婆さんは言う。

「わてはもう、ブンちゃんの先代からここの一間借りとんねん、はア、あんたの生れん先から借りとんねん」

「ころがりこむ、てどやねん、何じゃやそれは」

と安江もオテツに負けず、ビシビシした力のある声を張りあげるのであった。髪がわんわんと大きくちぢれて、体つきはコッテ牛のごとく、あごは二重にくびれ、首は河馬《かば》のような、ともかく重圧感のある女だから、声もすさまじく底力がある。

安江は福原《ふくわら》の旧遊廓《ゆうかく》と新開地《しんかいち》のまん中へんにある、小料理屋「鉢巻《はちまき》」の、仲居である。座敷へ料理を運ぶだけの手伝いなら女中《おなごし》であるが、ついでにへたりこんで、お酒の酌をしたり冗談話《すけべばなし》の一つも叩いて座をとりもち、銚子《ちょうし》をかえる拍子に客の背も叩く、というふうな、これで三味線の一つも弾ければそれはりっぱなヤトナで、準芸者とでもいうべき格であるが、とてもそんな芸のあるのはなくて、ただ、おなご衆《し》よりは、なれなれしく酒席をとりもつ、というふうなところが、仲居である。安江は仲居のなかでも、品のいいほうではなく、いうなら、安仲居とでもいうべきであろう。

しかし神戸も、花隈《はなくま》や福原やと一流どこの料亭なら、品も格も要ろうが、新開地あたりの気どらぬ町だと、安江ぐらいのところが結句、似つかわしく、

「オイ、あのにぎやかなオバハン呼んでんか」

と人気があるのである。安江はガラは悪いけれども派手で陽気だから、ぱっとさわぐと座が浮き立って、

「また、やかましオバハンやなあ」

と客は呆《あき》れながら喜ぶのである。土建屋さんや、新聞社などの宴会がわりに多くて、そうかと思うと、病院の若い医者の卵なんかも集りに使う小料理屋だったから、安江ぐらいのガラッパチが肩のこりもほぐれて適当なのかもしれない。心付けが多くて、バカにならぬ金を稼ぐが、だらしない女だから、貯まったためしがない。

安江はオテツのいうように、文治のところへころがりこんで七、八か月になる。だから、オテツの論拠は、

「この家はな、ブンちゃんの物や。あんた大家ちゃう、あんたにそない偉そうにいわれるわけない」

という点にある。

「ブンちゃんのもんはウチのもん、ウチら夫婦でッさかい、ブンちゃんが大家やったらウチも大家や、六畳一間使《こ》うてガスも電気も使いほうだい、それで毎月二千円なんてどこの世界にあるねん、値上げがいややったら、出てもらおやないか、え!」

と安江は昂奮《こうふん》してゴロまくと、男のような口調になる。オテツは心外な、という口調で、

「わては、ひる間も夜も、めったに居らへん、ガスも電気も使わしまへん、ひと月に三、四日しか居らんのに、……」

というのは、大学病院へ付添婦でいっているからである。オテツは一息つき、

「ようまあ、そない、えげつないこというわ、やっぱり親の子やわ、わてはあんたの親爺《おやっ》さん知ってるけどな、親爺さんも、えらいがめつい人やった。お母さんの死んだときかて、泣き泣き金歯はずしはった、いうくらいしぶちん(ケチ)やった」

「何も親爺《おやじ》のこと、いわんでもええやんか」

安江の声がややひるんだ。オテツは追《う》っかけ、

「そないまでして小金貯めてな、人の怨《こ》み買うたさかい、あんな目にあいはってん」

「いうな、いうのに!」

安江はどなった。彼女の父親は金を貸した相手と口論して刺され、医者へ運ばれる途中、道ばたで死んだ。柳原《やなぎわら》の蛭子《ひるこ》神社のあたりで、安江は今でも十日えびすにも蛭子神

社へは足を向けない。七、八年前のことである。安江はまくし立てた。

「そないいうのならいうけど、ウチのおやっさんは殺されても、人殺しはしてない。あんたの息子、なんや、車引っくり返してようけの人間、殺してもうたやないか、よっぽど罪ふかいやないか、厚かましいのは親子よう似とんで」

「誰も息子の話してくれ、いうとらへん」

オテツの声がややひるんだ。オテツのむすこも五、六年前にタンクローリー車を運転していてひっくり返し、付近の民家をぶっとばして爆発させ、六、七人の死傷者を出した、いわくつきである。

いうなら、この界隈《かいわい》、いわくつきでない男や女はいないのだ。新開地という下町の盛り場のつづき、つい北に湊川《みなとがわ》市場というマンモスマーケットが、かつての闇市を思わせるほどにぎやかにつづいていて、タクシーもはいらぬ、ごたごたした町なかで、あのおッさん本多《ほんだ》の組員や、あこの兄ちゃん地道組《じみちぐみ》でええ顔やったというのが軒なみ居り、裏通りでコロッケ屋をやっていた女房《よめはん》が、

「まま子いじめ殺して引かれていきはった」

というのがおとついのこと、どっちをみまわしてもややこしいのばかり、オテツと安江の言い合いも、目糞鼻糞《めくそはなくそ》をわらう、ということになるのだ。

「ああもう、ほんまに、こんなおばはんと言いあいしてたら、あたまおかしイなる、血の道あがる」

安江が庭伝いに縁側へ来た。

　この家は古いが六十坪あまりの敷地があり、平家だが、四つ五つの部屋かずもあって、安江は少し手入れして小綺麗《こぎれい》にしてから、あらためて人に貸したいというのである。古くからいるオテツを追い出すのが、安江にとっては当面の仕事で、オテツが家に帰っているときは、いつも言い合いになる。

「ちと、あんたも言うたらどうや。え、自分のウチやないかいな」

「そうはいうても、おれの親爺の代から間借りしとんのでなあ」

　文治は口の中でぐもるようにいう。正直のところ、彼も安江のいうようにオテツに出てもらって（オテツの居る間が一ばんいい部屋なのである）金をかけて人を入れたら、月々まとまったものがはいってくるのに、と思わぬでもないが、それをオテツにいうのはいやである。文治は大阪で長いこと働いており、神戸へ帰ってからも、前の女房（といえるならば）の咲子《さきこ》とは生田《いくた》区のほうに住んでいたので、この家にはなじみが薄い。ちょっと前に死んだ文治の父親が戦前からそのまま、持っていた家である。

「あんたは気ィが良《え》えばっかりやよって」

　安江は男の手許《てもと》をみた。きれいに洗った青い梅の実に、文治がなれたふうで木綿針をつき立てるのを、安江は珍しそうにみていた。

「なんでそんな、針を刺すのん？」

「焼酎《しょうちゅう》がようしみこむさかいや。よう味がしみたら、梅かて食べられるようになる。軟らこうて甘いんや。おれ、梅酒より、実ィの方が好きやな」

「そう」

文治は全部の梅にブスブスと針をさしてしまうと、清潔なふきんで一つずつ水気を拭《ぬぐ》い、そっとガラス壺の中に入れた。それから紙包みを破って氷砂糖を入れ、焼酎のビンの封を切って、しずかに落しこんでゆく。水のような焼酎が、注ぎこまれるに従って、青い梅の実はつぎつぎに浮び上り、氷砂糖は沈んで光った。

「へえ。これで梅酒できるのん？　これ、白いやないか、色ついてへんがな」

「おいといたら、だんだん琥珀《こはく》いろになりよんねん」

「ふーん」

安江は台所仕事は不得手な女であるが、ことにこういうものは無縁である。文治はわりに小まめで自分でも好きなせいか、らっきょうも漬けるし、山椒《さんしょ》の実も煮《た》けば、塩昆布も作る。

文治はナイロンをかぶせた上から、プラスチックの蓋《ふた》をした。その手付きが、いかにも器用で、女のように心くばりがゆき届いている。手自体も、男の手らしく節はたかいが、すんなりと色白で、小柄な文治は、手も小づくりである。いや、手ばかりでなく、色が白くてキャシャな顔立で、安江の朋輩《ほうばい》が、

（しなびた東千代之介《あずまちよのすけ》みたいやな）

とかげ口をきいている位だ。安江は自分が太っちょの醜女《しこめ》なので、小柄な男だとみな、

気に入るらしいが、ことに文治にはまいっているという町内の評判である。

「そうそ、ブンちゃん」

とオテツが中庭まで追って来て声をはりあげた。オテツは十なん年、付添婦をして身すぎしてきたので負けずぎらいの、したたかな芯《しん》のある女で、仲居なんかに甘っちょろく見られてたまるかいな、という気概のある女だった。何をいうたら安江がへたばるかと、ちゃーんと知ってるのだ。

「そうそ、忘れとった、あんたにことづかった、あれな……」

「ことづけ？」

文治は顔をあげた。

「ほら、光明院《こうみょういん》さんとこにたのむこと――今年は、前の奥さんと、娘さんの、ほれ、三年やろ、三年供養いうてはったん、たしかに光明院さんにたのみましたで」

「あ、そう。おおきに」

「九月の命日、それからお盆に、おまいりさしてもらう、いうとってでした」

オテツは安江の顔を見て、

「お邪魔さん」

と市場かごを持って出ていった。

「三年。あんた、そんなん頼んだんか、え！」

と座敷いっぱいに立ちはだかって、安江がいう。

文治はだまって、ふきんでガラス壺《つぼ》を拭《ふ》いている。

「何が三年や、何が！」

と安江は押入れをあけた。かっとすると、見さかいのない女だから、何をするかわからないが、文治は立って止める気にならない。見す見す、何かが滑り落ち、こなごなにこわれてしまうのを、ただ運命的にじっと見ている、そんなきもちである。

「ウチにかくれて、そんなんお寺へたのんどったんか。え！　え！」

安江は押入れの棚から、菓子のあき罐をひっぱり出した。

うるしの小さな位牌《いはい》が二つ。それは仏壇のかわりの罐の中に入れてある。

「へん、忘れられんか、前の女房《よめはん》や子供が忘れられんか、それほど」

安江はヒステリックに位牌をつかみ出して罐を捨てた。

それから、がつん！　がつん！　と柱にうちつけた。位牌を折ろうとしているのだ。

「何すんねん！」

文治はいったが、それでも立つことはしなかった。安江はこんどは両手で折ろうとして折れないのに焦《じ》れ、なおも柱にうちつけ、ついにポキッ！　と乾いたさわやかな音がして、一片が文治のひざ元にとんで来た。「純信童女」の片はしである。

文治は怒るというよりも、ハラワタがえぐられていくようなつらい思いがするだけである。安江に対しての怒りというより、そういう場ちがいな怒りの対象にされている「純信童女」のノブ子が、いとしいだけである。ノブ子は文治の子ではなく咲子のつれ子であったが、五つで死んだノブ子のことを考えると、文治は胸の中がどす黒くなってゆくような気がする。

悲しみとも一口で言えぬ、辛《つら》さともつかず憤りともつかぬ、哀憐《あいれん》の思いである。

文治は着物の仕立をして暮している。

「町のや」という店につとめているが、家へ帰っても、近所のたのまれものを夜なべにすることがある。

安江は人にきいて、文治の家をさがしあててやって来た。店で着る、浴衣《ゆかた》を縫ってもらおうと思ったのだ。安江は縫物は何も出来ない。文治に浴衣は縫わぬと断られて、安江は、

「まあ、そう言わんと……こっちはごっつう、きれいに仕立てはるということ聞いて来たんやさかい」

とにじりよって腰をおろした。文治は安江の持って来た反物には手もふれず、うす笑いして内翻足《ないほんそく》の足指に器用に布の片端かけたまま、

「浴衣は肩こるでな。二時間たらずで縫えるけど、二、三日も肩こったら仕事にならへん」

と言い切った。それで安江にも、文治がいい腕をもっているので、浴衣やウールといったふだん着では、腕が勿体《もったい》ない、という口吻《こうふん》であることがわかった。文治は仕立屋

「町のや」に十二、三人いる男の職人の中で、指折りの腕だった。

安江はすっかり文治を見直す思いで、それにもまして、彼の、しなびた、ちよのすけのような美貌《びぼう》にいかれ、足のわるい若い男が、あざやかな手さばきで縫っているその姿に、心を奪われたのだった。およそ、考えられるかぎり安江と正反対の男で、安江は文治が神秘的にさえ見え、

「さよか、ほな、まあ……」

ととってつけたような愛想笑いして出たが、フワフワしてどう歩いたかも覚えていない。

四十もつれのいい年をして、安江は惚《ほ》れてしまったのである。文治も若く見えるが、三十三で、どちらも若くはないのだが、いつとなく安江は文治の家にしげしげ出入りし、ずるずるに居ついたらしく、オテツが久しぶりに大学病院から戻ってみるとけったいな女が縁で煙草を吸っていて、

「あんた、誰や。黙ってはいったらあかんがな、ヒトの家へ」

とガラガラ声で咎《とが》めた。それが安江だったのである。安江にしてみると、奥目の陰気くさい老婆が、勝手知ったふうに中庭の木戸をあけるのには驚いたのだろう。双方、初対面で、かけちがって会うのはそのときがはじめて、だからオテツが、女房きどりの安江から「出ていけ」の「間代値上げ」のといわれるのは、業腹でたまらないのである。

安江はいつのまにか荷物をまとめて文治の家に越して来た。「男はおりましてんけど、

別れましてん、オナゴつくりよったさかい……子供は七つの男の子、向うへつけて来た。ええ子やったけどな、けど、おばあちゃん子で、あっちになついとった。……ふん」

と、安江は話しながら、煙草の灰をおとすのと共に自分でうなずくクセがある。

「楠公《なんこう》サンのお祭りにな、連れていってやる、いうてそのまま、わざと迷子にして帰った。さがしてさがして泣き泣き、家に帰ったいうことや。ウチその間に荷物まとめて出てきた。それから会《お》うてない」

安江の過去は、文治はそれしか知らない。文治も、それに見合うくらいの、自分の過去しかしゃべらない。

文治は二年前まで、咲子という女と生田筋の裏で住んでいた。咲子にはノブ子という連れ子の娘がいて、正確にいうと三人で、雑貨屋の二階に住んでいた。咲子は下の店で働いており、文治はやっぱり近所の呉服屋から廻《まわ》されてくる仕立物をして暮していたが、四十二年九月の神戸水害で、咲子とノブ子が死んだ。それからこっち、文治は湊川の、親爺《おやじ》の家にかえって来た。

咲子は口やかましいばかりで、文治は咲子にはもう愛情もなかった。出来合いのようなかたちで同棲《どうせい》して、二、三か月でいやになり、そのままずるずるに二年ばかりになった。金に汚なくてずるくて、腹黒い咲子は、文治にとっていとわしいだけの存在なのに、別れもせずいたのは、連れ子のノブ子に執着したからである。

素直な、怜悧《れいり》な童女であって、はじめて見たときは三つになったばかりだったと思う、

文治の足をじっと見て、

「なあ、おっちゃん、なんでそんな歩きかたするのん？　なんで？　なんで？」

と聞くのであった。

「おっちゃんは、足が痛い痛い、やねん」

「ふーん。トントンしたげよか」

ノブ子は小さい熱い手で、やわらかく文治の足をたたき、熱心に撫《な》でたりさすったりした。咲子は出歯の女だったから、ノブ子も母親似で、文治が「唇腫《は》れてんのちゃうか」と思うほど、上唇がつき出ていたが、文治にはそれも可愛いらしく、文治が仕事をするそばで、ノブ子はいつも遊んでいて、一日のほとんどを店に出ている咲子より、文治のほうになついていた。

それが九月の水害で、外出していたばかりに、坂道へ流れおちて来た急流で足をすくわれ、二人そろってマンホールにのまれた。一週間たって中突堤《なかとってい》へ屍体《したい》が流れ出た。咲子には身寄りがなく、文治はノブ子の父親の名さえ、しかと聞いてはいなかった。簡単な葬式をして、つけてもらった戒名が、「釈尼香濤」というのと、「純信童女」である。

午後になって安江ははやばやと昼風呂《ぶろ》とパーマ屋へいった。

パーマ屋でときつけをする。日曜は、文治の方は月に二、三度休むが、安江には休みはない。小一時間して、付け毛をてんこもりに頭頂にもりあげて帰ってきた。うなじは梳《す》いて一糸乱れず結いあげているので、よけい大あたまのオバケにみえる。煙草を吸いながら着物に着換えるのを、文治は見るともなく見ている。帯あげもしごきも、お腰も、見えない所は使い古したよれよればかりで、それもいかにも安仲居らしいぞんざいさだが、着つけてしまうと、一種のかたちみたいなものがととのう。それにしても大きな腰と尻《しり》であった。

「ご飯は食べんとくわ、さっきパーマのかえりにお好み焼きたべた」

「うん」

「ひとりで食べて」

と夏足袋《なつたび》のこはぜをはめるのを辛《つら》そうに息を切らせていい、

「あのな」

と、ぞうりをつっかけながら、玄関から声をかけた。

「あのォ……お位牌《いはい》、金ムクのに頼んできた。うるしより金ムクの方がたかいねん……」

それが安江のあやまりらしく、文治がだまっているうちに安江は格子戸をあけて出ていった。

文治は家にいるときは、ほとんど音をたてない、とオテツなどが感心する。たまに本を読んだり(囲碁か、釣りの手ほどきのようなもの)、ラジオをつけたり、テレビを見たりするが、それとてごく小さい音で、どっちが間借りしてるのかわからぬつつましさ、つまりオテツにとっては、理想的な借家だったわけである。

　オテツは金を払うのが勿体ないので、テレビをおいてない。そうして時々文治のテレビをみにくる。テレビは白黒だが、オテツはけっこううれしくて、文治一人のときはいつまでも動かない。

「ブンちゃん……」

　とオテツがまた、やって来たので、文治は起きあがって、

「どうぞ。見てや、おれ、ちょっと散歩にいくよって」

　といった。オテツはいそいそとテレビの前へ座ぶとんを抱えて来て、極楽やなあ、という。

　安江が新開地から歩いて帰ってくる十二時まで、たっぷりとテレビが見られるわけである。

　文治は外へ出た。まだ明るくて、家の中の方が暗くなっている。昼日中のむしあつさがやや拭《ぬぐ》われて、澄んだ夕空に涼風が立っていた。

　山側のほうへそろそろあるいてゆく。生田筋に住んでいたころ、ノブ子の手を引いて生田《いくた》神社へ散歩にいったことがあった。ノブ子の足と文治の足とはいいかげんの歩調で、夕方の木々の梢《こずえ》にさわいでいる雀の声など、繁華街とも思えぬ静けさだった。

「ノブちゃん、走ろか？」

「走ってもええのん？」

「競走やで」

人のいない所で、文治はノブ子と走ったりする。文治は誰もみていなければ、案外、早いスピードで、速歩できる。ノブ子はムキになって走り、むろんノブ子の方が早くて、するとこんどは、悪いことをした、というような顔で、ふり返って文治をまっているのだった。そういうデリケートな心遣いがよい。

「おっちゃんの小さいときはな、女の子、こんなんして遊んどった」

文治は、あやとりをしてノブ子に教え、

「ノブちゃんは大きイになったら何になる」

「何になろ?」

「まあ、お嫁さんになるやろな」

「ウン」

「そのときは、おっちゃんがおべべ縫うたる」

文治はノブ子の頰たれのやわらかさ、耳たぶの小さな丸みももう可愛らしくて仕方ない、ハキハキした物言い、こまかな心づかいのやさしさ、笑うときの息のはずませかた、朝おきてノブ子を見ると生甲斐《がい》がわき、痩《や》せてケンのある、母親の咲子の顔など目に入らず、日ごと日ごと、ノブ子が可愛らしくなるばかりで、思うに母親に早く死なれ、兄弟もなく、中学を出てすぐ住みこみの弟子になり、長いあいだ、好きの可愛いの、と思う子もなかった。むしろ一人前の娘より、ノブ子のような、かわいらしい童女が文治には心安まり、しんから、いとしい。

「おっちゃん、足、いたいのん？　トントンしよか？」

などと、足を撫でてくれたりすると、文治は涙が出てくる。ノブ子を離したくないばかりに咲子のきげんをとり、稼いだ金はみな咲子に渡して歓心を買おうとしたのも、ノブ子と別れるのが辛いためだけで、文治はノブ子があれば何も要らぬ。

あの朝だって、ノブ子は雨が降っているから、いやがったのだ。しかし咲子が、ノブ子の服を買うのだと、雨靴をはかせ、傘をもたせ、

「早よ来んかいな！」

と引ッ立てるようにして出ていった。

午後からひどい吹きぶりになった。文治は母子の帰りがおそいので、まちくたぶれて飯を先にたべた。どこかで食事をしているのかと思った。テレビがニュース速報を流しはじめ、階下の雑貨屋がさわぎ出した。水が入って来たという。あっという間に土間に水があふれ、たちまち膝《ひざ》に達した。雨はまだ止まない。店の前の坂道は激流になってどうどうと流れ出した。道ががぼッ、がぼッとえぐりとられてゆく。人々の呼びかわす声がたちまち、烈しい水音にかき消される。車が立ち往生し、と、見る間に流されていく。

咲子とノブ子はその夜、帰らなかった。

一緒に買物にいった近所の八百屋の女房が、翌朝帰って来て、わかった。咲子とノブ子は宇治《うじ》川のあたりで、タクシーから下りたところを、水勢に足をとられ、あっという間に溝へ重なるように落ちて姿が見えなくなったという。運転手と警官が救けようとし

たが、そのとたん車が流され、冷蔵庫とたんすが流れて来、ノブ子の黄色い傘が一瞬、浮いて蝶《ちょう》のように、漂流物にまつわり、坂の下へツッーと奔《はし》っていった。

ふだんは人の往来のはげしい商店街の坂道が、鉄砲水のときは、激流になる。文治は信じられない思いで、そのあと一週間、通ってそのへんを見た。一週間めにノブ子が港内へ漂いつき、ついでほかの屍体と共に、咲子も発見された。

文治はその時の様子を見たわけではないので、自分のいた場所のありさまから想いえがくだけである。すごい勢いで下水から水がふきあげ、マンホールの鉄蓋《てつぶた》がはずれて紙の様に漂ってゆき、石垣が激流に洗われて、めためたと崩れて土砂が溶け、そのままどっと坂道へ奔出しておちてくるおそろしさを思い出すと、ノブ子の小さな、やわらかい体などは、ひとたまりもあるまいと考えられる。

文治は湊川の運河に沿って、雪の御所公園にいく。ここは昭和十三年の風水害で猛烈な被害を受けたもとの川筋で、その時の死者の慰霊塔が建っている。つまり神戸という町の宿命で、山をひかえているために、水害にたえずおびやかされ、そのたびに犠牲者を出しているのである。

雪の御所という美しい地名は、往昔、平清盛《たいらのきよもり》が福原《ふくはら》に都をつくったときの名残りである。近所には紀州《きしゅう》から勧請した熊野《くまの》神社もあれば、祇園《ぎおん》さんもある。しかし現在はあっくるしく車道をはさんで小家のたちならぶ、何の変哲もない町並みである。

その間をつらぬいて湊川の人工の川が流れる。そうして、その洲先の突端に、雪の御所公園はある。砂場やブランコの奥に野球場があり、さらにその奥の突端に、高い石塔が樟《くす》の梢から突出ている。

それが慰霊塔で、その背後の石垣に、慰霊塔を建立した趣旨の文句が銅板に打ち出されて嵌《は》めこまれている。

文治は、その文句にむつかしい字が多いので、全文読み下せない。来るたびに一行ずつ、噛《か》みくだくように読んで、どうやら意味が通るような気がするだけである。

神戸はもともと美しい街だった、とあるらしい。「風光明媚《メイビ》氣候溫和水陸交通ノ具一トシテ備ハラザルハナク稱《ショウ》シテ海内第一トナシ來リ住スル者　年ニ萬ヲ以《モッ》テ數フ　山ヲ削リテ屋ヲ築キ海ヲ埋メテ樓《ロウ》ヲ構ヘ碧瓦朱甍《ヘキグワシュバウ》眼ニ映ジテ燦然《サンゼン》タリ」

というのは、そういうことなのであろう。

「測ラザリキ昭和十三年六月下半猛雨止マズ　七月五日ニ至リ背面ノ連山一時ニ崩壞シ……河川氾濫シ水勢峻激　大木巨岩ヲ揚擲《ヤウテキ》シ　隄防ヲ潰決《クワイケツ》シ家屋ヲ流失シ……」

文治はまざまざと、あの水害のときの状景をあたまに措《お》く。慰霊碑の水害から三十年たった現代も、そっくり同じ悲劇をくりかえしているのである。

「飲ムニ水ナク照スニ燈ナク街巷《ガイカウ》到ル所　土砂堆積《タイセキ》シ　瀬トナリ淵《フチ》トナリ　行歩自在ナラズ唯《タダ》足躓《ツマヅ》キテ溺《オボ》レンコトヲ是懼《コレオソ》ル……子ヲ呼ビ親ヲ求メ叫喚ノ聲巷《チマタ》ニ滿ツ　死者四百六十九人　天下ノ慘事タリ……」

文治は指でなぞって一字ずつ、おぼつかなく読んでゆく。さながら二、三年前の水害のことをいっているとしか、思われない。

「今ヤ漸次其ノ緒ニ就ケルモ獨リ逝《ユ》ケル者復《マ》タ生クベカラズ　靜ニココニ之ヲ思ヘバ深慨アリ乃《スナハ》チ地ヲ雪之御所ノ舊跡《キュウセキ》ニ相シ慰靈塔ヲ建立シ幽魂ヲシテ永《トコシ》ヘニ歸スル所アラシメントス」

というところも、文治は意味がわかる気がする。そこからさきは、まだ読んでいない。ふさふさとした樟の茂みから昏《く》れてきた。子供たちがボールを投げているのをよけながら、文治は足をひきずって帰った。

テレビをつけっ放しにしてオテツがうたたねしている。その顔は、奥目のせいかガイコツのようであった。オテツを追い出す気は、ほんとのところ、文治にはないのだ。たよりない息子に、あべこべにオテツは金を送っていて、オテツの身のおき所はこの家しかないのだ。

電灯をつけると、隅っこに、この間、安江が新開地の夜店で買って来た、おもちゃのピストルが、新聞や紙屑《かみくず》の間に片よせられているのが見えた。

「何すんねん、そんなもん」

というと、

「子供に送ったる」

と安江はいうのであった。

「子供て、オマエ……向う、なんぼや、十三、四になっとらへんか、え」

「そや」

「中学生やろがい」

「そやった。こんなん送っても……」

「ほんまや」

「つい、いつまでも子供のように思うて。あほやな、ウチ」

安江は泣き笑いした。

文治は何ともしれず、いらいらとした思いでいる。誰も彼もさびしがりやばっかりで腹がたつ。人間、もっとえげつない奴でないと、あくかいや、という思いである。

ノブ子への哀憐《あいれん》だけはまだなまなましいけれども、文治はそれにも馴《な》れかけている。

オテツは商売がらめざといので、文治は起さぬよう、そろりと立って、縁に出、端に置いた梅酒の壺《つぼ》を、宝石のようになでさすって、悪い足で抱いた。

狸と霊感

1

「今まで踊りの舞台に出やはったり、テレビのかくし芸大会で、流行歌うとうたりしはったんは、かめしまへん。けど……こんどはちょっとちがう思うんだす」

と禿頭《はげあたま》のヘルスセンター主人が、辛《つら》そうにいう。このおっさんは、昔、まだ子供の頃の阿久姫《あくめ》が、出なくなった温泉を、「ここやったらきっと出ます」と教えて以来、阿久姫の信者第一号になったのである。涸《か》れたはずの温泉が、教えられた場所を掘ると、こんこんと天まで噴き上がり、おっさんを狂喜させた。それに阿久姫自身の名前も大いに喧伝《けんでん》された。

阿久姫はしかし、このおっさんがあまり好きではない。狂信のあまり、阿久姫神社をたてようなどというからである。

「やっぱり、われわれ信者からしたら、神サマが結婚しはるなんちゅうのん、イカンの極みだすなア」

と、ゴマ塩あたまの自動車会社社長が当惑したごとくいった。彼は阿久姫のアドバイスで販売方法を改善してから、ファンになっている。

「結婚なんかしはったら、……今までの力が無《の》うなるのんとちがいまっか。直観いうのんか、神サンの力がなくなったら、我々ばっかりやあらへん、人類の損失だす」

でっぷりふとった、スーパー経営者が憂わしげにいった。彼は最初の開店の日どりから、金融、商法まで阿久姫に相談に来て、以来阿久姫なしには仕事ができなくなってしまっているのである。いうならこの三人が右翼である。

「結婚して、神通力が無くなるようなもんやったら、無くなったらよろし」

阿久姫はきっぱりいった。

「そんなん、メッキと同じや、剝《は》げたらええねん。けどあたしはちがう。結婚したかて一緒やさかい、しますよ」

阿久姫は猫を抱いて宣言するようにいった。

「しかし、神サンの結婚なんて、聞いたことおまへん」

と、禿頭はにがりきっている。

「結婚したら、子供かて産れはるやろ」

「そら、産みますよ」

「そら、困りますよ、神サンがお産やなんて！」

「神サンちがうよ、あたしは」

と阿久姫はムッとした。阿久姫の背後には老女中のおトキはんがいて、

「そやそや、何も神サンやあらへん！」

「そんないうて、オタヌキさん怒らはれしまへんか」

阿久姫の霊感は、タヌキから来ていると一般には信じられている。

小学校二年のとき、嵐の晩にハワイのタヌキが彼女に乗りうつって、耳もとで二度三度阿久姫と呼んだのだ、ということになっている。

それ以来、ふしぎな霊感が八歳の少女に宿るようになった。何だか、いろいろなことがわかるのだという。あどけない可愛い童女がオトナのいうことを小耳にはさんで、ひょいひょいと、「それはどこそこに置き忘れてるよ」「そのお金は、色の黒い背の低い男の人がもってったよ」

など、オハジキしながらいう。それが、ぴったり当ったというので、みんなはびっくりした。

「けったいな子やで」

という評判になる。一番、昂奮《こうふん》したのは母親のツル代である。

「なあ、おトキはん、この子、神サンとちゃうやろか、阿久姫は」

「あほらし、何いうてはりまンね」

と女中のおトキはんは一笑に附した。

彼女は六十七、八だが壮健で、女中というよりも、阿久姫の母親のツル代とケンカ友達である。

ツル代が、赤ん坊だった阿久姫をつれて夫婦別れしてからも、母娘と離れず、ずうっとついて来ている。

それどころか、阿久姫を赤ん坊の頃から世話したので、ツル代よりも阿久姫を可愛がっている。だから母娘とおトキはんは主従というより、親身の、遠慮のない肉親に近い。ツル代は性格の合わない夫と別れて以来、わりあい裕福な実家の援助をうけて、お茶やお花の師匠をしながら、暮しをたててきたので、実際に阿久姫を育てたのはおトキはんともいえるのである。そのせいで、おトキはんは、こと阿久姫に関しては一歩もゆずらない。

おトキはんは何より、アクメという、へんてこな怪体《けったい》なナマエが大ッきらいである。阿久姫には、いや、嬢《とう》ちゃんには、ミツ子、というちゃんとした、可愛らしい名前があるではないか。何がために、名前を変えなければならないのか、合点がゆかぬ。

「阿久姫やなんて、なんちゅう名ァつけはるのや」

と婆さんはズケズケいう。

「ミツ子ちゃん、いうとくなはれ。お母さんまで阿久姫やたら呼んでどないしますねん。何が神サンなもんかいな、あんな可愛らしい嬢ちゃんが。わてが小さいときから育てたんやさかい、わてが一ばんよう知ってま」

「そやけどあの霊感をげんにどないしまんのん。ちゃんとよう当るがな。失《う》せもの、落しもの、尋ね人、病人がようなるかならんか、ようわかって、世の人助けしてるがな」

「あら、マグレ当りだす」

おトキはんは口をとがらせていう。

「子どもの冗談にオトナが眼の色かえてさわぐこと、おまっかいな」

「けど、それにしたらあんまりよう当って気味わるいやないの」

とツル代は超自然現象でもみるようにこわごわ娘を見た。

オカッパの小学生は、縁側で手まりをつきながら「あんたとこどこさ……」と唄《うた》っている。

一向にほかの少女と変ったところはないのであるが、ただ、阿久姫という名前だけがヘンである。

これは少女自体が言い出して、

「あのな、タヌキさんがアクメアクメいいはってん。そんで名前かえるねん」

という。字をいくつか書いてみせると、その中から二つ三つ小さい指でさして、これにするという。そこで阿久姫という名がきまった。

「指の先に電気通じたァるみたいやねん。それで、ピリピリッと来て、頭の中がピカッとするねん。そしたら勝手にいうことが口からスラスラ出てくるねん」

「ほれ見なさい、この子の霊感や、この子は天才や、天才どころか神サンや、神サンの生れ代りかもしれへんで」

ツル代は震え声でいうのであるが、

「何やて、ピリピリ、ピカピカ、スラスラかいな」

おトキはんは冷笑するのみである。

「ほんでほかにはもうおまへんか」

「夜、暗いとこあるいたら、犬の眼かタヌキの眼ェかしらんけど、白いもんがスウスウとんでいくねん。うしろから何かついてくるみたいやし」

「へえ、ピリ、ピカ、スラ、スウスウでんな」

「だいたい夜のほうがようわかるわ、夜のほうが何でもようみえるねん」

「すると、ミツ子ちゃんのオタヌキは夜ざりひき（宵っぱり）でんな」

とおトキはんはてんから、阿久姫の霊感を信じない。少女は無邪気に、

「おトキはんの貯金、あててみよか」

という。

「あててみなはれ」

「二十万円や」

「ああ、郵便局の通帳見なはったな」

とおトキは動じないでいった。

「ウチ、見いへん」

と阿久姫はマリを手にもって縁側に腰かけ、足をぶらぶらさせていたが、何気なく、

「やあ、風呂屋《ふろや》のおっちゃんや」

とつぶやいた。

庭はそのころは生け垣と隣家の塀で、道路からさえぎられていて、訪問客がみえるはずもないのである。ところが、玄関の格子の鈴がリンリンと鳴って、

「こんにちは」

という声は、まさしく町内の風呂屋、日の出湯の主人の声である。間髪を入れず、

「おっちゃん、財布、なくさはったんや」

と阿久姫は無邪気につぶやき、やがて玄関から戻って来た母親が、あたふたと、

「お客さんが箱に入れてた財布、とられてしもたんやて」

というので、さすがのおトキはんも気味が悪くなった。

阿久姫は団子鼻をすすりあげ、

「それなァ、箱へ入れるとき、下の籠《かご》へおちて、板と箱のあいだに挟まったァるのんや」

という。

ツル代はころがるように日の出湯の主人と共に風呂屋へいってみると、果して財布は、板と箱のあいだに落ちているではないか。

「ほれ、見いな、こんなふしぎなこと、あるやろか。霊感やで、神サンのお告げやで、もしかしたらほんまにこの子のいうように、オタヌキさんが乗りうつらはったんかもしれへん」

とツル代は、元来無神論者だったのだが、急いで神棚をつくってお灯明をあげ、日の出湯のおっさんまで何やら敬虔《けいけん》に腰をかがめて、

「床の間に神サン祭った方がええのんちゃいまっか」

「けど、タヌキの神サンておまっか」

聞き伝えた町内のオトナがわれがちに押しかけて、立ちはだかって押し合いへしあい、霊感少女を見ようとした。

「神サンの元締めはやっぱりお伊勢《いせ》さんやさかい、天照皇大神《あまてらすすめおおかみ》、とした方がええことおませんか」

と、肉屋の主人は、かねて市の道路拡張がどこまでくるか占ってもらったら当ったので、それからはこのずんぐりした八歳の少女に、並々ならぬ畏敬《いけい》を払っており、自分のうちにあった掛軸をもって来て、ツル代に手伝って床の間へかける。

「これも、やっぱり、その派ァになるのんちゃいまっか」

と生命保険会社につとめる隣家の主人のもって来た掛軸は教育勅語で、黒地に金泥で書いたものを、

「明治天皇サンかて、神サンに祭られてはるのやさかい。何でもええ、掛けまひょ」

と一同は、珍妙な床の間に向って柏手《かしわで》をうつものもあり、手をすり合せて拝むのもあり、大さわぎであるが、本人の少女は、となりの部屋で算数の宿題、プリントを一枚片づけて、フランス人形を添い寝に、さっさと床へ入って眠っている。可愛らしい寝息をきいて、

「何が皇大神や、何が神サンや、ミツ子ちゃんが神サンになってたまるかい」

とおトキはんはきこえよがしに言う。

「けど、あの子がいろいろふしぎなこと言いあてる、これは何やのん」

と母親のツル代がいうと、それに味方して、

「いや、世の中には実際、説明のつかんことがあるものです。科学だけでは証明できないことがありますよ」

と、隣町の中学の先生もいう。この先生はいつか、阿久姫に火難を注意されて宿直の晩ボヤを未然に防いでからは、いたく傾倒して生徒の就職先まできさにくるのである。

「そやけどな、みんなこれマグレやったらどないしやはります。わて、そんな神がかりやたら霊感やたら信じまへんよってな」

「そんなら何や、いうのん」

とツル代はがんこな婆さんにくってかかる。

「ただのカンですわ」

「カンやない、霊感や！」

「カンや！」

「霊感や！」

「霊感かて、カンのうちや！」

「まあまあ……」

と、みんなで二人をなだめていると、次の間から、阿久姫が何かムニャムニャと寝言、

一同思わず、雷に打たれた如く、

「へ、ヘッ！」

と平伏した。

それからは町内の人々はもちろん、遠くからも聞き伝えて、霊感少女のお告げをききにくる人が、あとをたたない。

十年越しの脚気《かっけ》になやんでいるという中年の主婦の顔をみていた阿久姫が、何やらクスクス笑いながら、主婦の膝《ひざ》にマジックでへのへのもへじを書いているうちに、ああらふしぎ、脚気がピタリと癒《なお》ったとか、頭のよわい子供がフラフラと家を出たのを、

「池のそばにいてるよ。元気でいるよ」

といわれて捜したら、二階の押入れに寝て水たまりほど寝小便していたとか、伝説はふえていくばかりである。

とうとう、門前市をなすありさまになったので、ツル代は番号札をプラスチックで作って、来た順に渡すことにした。中には小学校まで押しかけて、授業を受けている阿久姫を待ちかね、廊下トンビのようにいったり来たりするのもいて、中年の男の先生に叱られている。たまりかねて先生も、

「もうお掃除ええさかい、帰りなさい」

といい、まんざら羨《うらや》ましくなくもなさそう。

「あないして、人を見てあげて何ぼもらうのやね。阿久姫ちゃんは金持ちやろうなあ」

「あたし知らん。あのな、あたしはお客さんの話きいてるうちに、かってに言うことが頭へ浮んでくるねん、それだけや」

「へえ。ほな、見てくれへんか。センセ、将来、校長はんになれそうかいな」

「…………」

オカッパの予言者はじっと先生の顔をみていたが首をふって、

「残念でした。センセはなられへんよ」

と言いすてて、スタスタと帰ってゆく。

帰ると、ミルクを飲んでジャムパンを食べ、口を動かしながら、「阿久姫先生の事務所」の玉座へご出御になる。寝冷えしらずのような胸あてのついたズボンに、セーター、「天照皇大神」の掛軸と、信者の寄進になる、焼き物の狸の置きものを背に、ふとんにチョコンと坐《すわ》って、悩める羊を引見される。

オカッパに丸々した頰に、ちょんと小さい団子鼻、娘ざかりはいざしらず、今のところは中々可愛らしい少女である。

「あのう、……いま縁談がひとつあるんですけど」

と、二十四、五の女客は、いかに評判をきいていても、眼の前の八、九歳のオカッパ少女では心許《こころもと》ないらしく、しきりに横に後見役の如く控えている母親に話しかける。少女は無心にジャムパンを食べていて、知らんふりである。

「あ、なるほど。なるほど。その相手の方との相性でんな。名前を書いとくなはれ」

母親はうやうやしく、名前を書いた紙を少女の前へもってゆき、

「センセ、お願いします」

「………」

少女はジャムパンを食べるのに夢中で、目もくれない。

女客はいよいよ心もとなさそうに、母親に向き、

「私としては気に入ってるので、受けようかと思っておりますのですが、どんなものでございましょうね、先生……」

母親はしきりに少女を目顔で叱っている。

女客は無言のセンセイにあきらめた如く、

「ではやはり、思う通りに縁談を受けることにいたします」

「それはあきません」と神サマはやっと、指についたジャムなどなめながら、「オタヌキさんがいうてはります。その人と結婚したら、夜の生活が激しすぎて体をこわすそうです」

「あっ」

と女はしばし口もきけず、思い当ったごとく、平伏して神託でも聞くように身を震わせながら、

「ありがとうございました。神サマ……」

と随喜の涙をこぼしている。神サマは母親の背中へ廻《まわ》って、オカッパ頭をふりたてな

がら、

「なあ、お母ちゃん、もう一つ頂だい」

と鼻を鳴らしてジャムパンをせがむのであった。

2

中学は私立の三流をやっとのことで出たものの、勉強する間なく、十代もあっというまにすぎて霊感タヌキ少女の名はますますさかんになり、ハタチの娘となる。

信者たちが建てかえてくれた家に住んで相変らず多い来客を午前と午後の部に分けて見ている。

「御用の方はこちらへ」と書いた札が門に打ちつけてある。花壇のまんなかのみちを辿《たど》ると、桃色と白のペンキ塗りの小じんまりした洋館が現われる。まるでクリスマスケーキのデコレーションのようなお伽話《とぎばなし》ふうの家である。神サマの家という鹿爪らしさはなく、おまけに屋根の上の物干に女の下着が干してある。

玄関は広い板の間で、屈強の青年が机に向って書き物をしている。たとえば訪問客が入ると、

「お教え頂く方ですか」

と青年はいい、つっけんどんに、

「この中込用紙に書きこんで順番を待って下さい」

と青年は番号札を渡す。

「それから会員にならなんだら阿久姫先生には見てもらえませんぜ」

「会員はどないしたらなれますか」

「その表があるやろ、表が」

と青年は横柄にいい、ペンの尻《しり》で指す。

「それから競馬競輪、かけごと一さいの相談には応じませんぞ。先生は下賤《げせん》な相談がお嫌いです」

表には「後援会費、正会員半年分八百円、(但シ一年分千五百円)」とある。そのほか、特別会員、賛助会員の口があって、あとほどだんだん高くなり、

「但シ、特別会員、賛助会員ハ順番ガ早クナリマス」

と書いてある。客が金を払うと、

「会費のほかに、お礼もいることになってまんね」

と青年が、めんどくさそうに声をかける。

そうして待合室はぎっしりの悩める羊が、暗鬱《あんうつ》な顔を伏せて、順番をまっている。

周囲の壁には、最近、阿久姫先生があちこちに書きちらした文章の切りぬきが貼りつけてあり、

「希望者にはお筆さきを分けます」

とある。

ぼんやり、まわりをみていたら、

「賛助会員でっか、特別会員でっか、ふつうやったら中々、順番廻って来まへんで」

と青年のさいそくにたいていの人があわてて、「ほな、一番早いのにしてもらいまっさ」といわずに居れぬ。会員証を頂いて、待合室で坐っているとブザーが鳴って客は一人ずつ奥へ消えてゆく。順番が来て、客は奥へ入る。

れいの天照皇大神の掛軸の前で、阿久姫先生はゆったりした椅子にくつろいで坐り、傍らにタヌキの置物(その頭は、つい阿久姫のクセで頭をなでるので、ツルツルしている)、片方には母親が坐り、開口一番、

「阿久姫先生は、神サマのお告げを人々に伝える尊い使命をせおって生れてまいりました」

とおごそかに宣言する。客は思わず、頭の下る思いがする。おそるおそる顔を上げると、二十歳の娘盛りになった阿久姫はゆたかな髪にリボンを大きくむすび、ピラピラのついたうすい布地の桃色の服を着て指にはダイヤの指輪を三つはめ、片手で膝《ひざ》の猫を愛《あい》撫《ぶ》しながら、愛嬌《あいきょう》のある顔でじっと見ている。団子鼻で下り眼で口もとは大きく愛嬌あり、頬の丸い、何だかタヌキに似たような親しみやすい顔である。

「おたずねはどういうことですか？　私はもともと、八歳の年から……」

と、くだけた話しぶりで阿久姫が、自分の霊感の当った実例を、いくつもあげる。

「じつは……」

と客は機械の青写真をひっぱり出して、

「この機械が、もひとつ具合よくないんですが、先生のヒントでも頂けたらと思いまして」

「ああ、そうですか」

と阿久姫は無造作に青写真を手許《てもと》に向ける。

「先生、それは反対でございます」

「あ、そう。これは電気の機械ですか」

「いえ、小型ボイラーでございます」

「ボイラーてなんですか」

「ボイラーと申しますのは、その……」

とかっぷくのいい紳士は汗をふきふき説明する。その間、先生は上の空のように聞いていて、

「ここが、あかんのんとちがうかしら」

と、毒々しい真っ赤な爪で、絵図面の一部を指す。手許の紙片には、質問客の名前や、丸や三角のわけの分らぬ記号がいっぱい。

「こんなん好きや、こない、しなさい」

と先生は紙片に、鉛筆をとって、わけの分らぬカーブをかく。

「ハハッ」

と紳士は平伏する。

「それでは早速にかえてみますでございます。これは東南アジア向けの輸出品でございますが、中々出来上らなくて、何度やっても失敗したのです。先生のヒントで、闇夜に一すじの光明を得た思いでございます」

と、紙片を押し頂き、わけのわからぬカーブをなぐりがきしたものを、うやうやしくポケットへおさめて退出する。

次に入って来たのは、某党幹事長秘書であって、これは阿久姫と顔なじみである。政界の大物が関西へくると、阿久姫を呼んで卦《け》をたてさせるからである。彼はどっかと坐るなり、煙草を吸いつけ、

「どうですか、衆院選の見通しは……」

と笑いながら聞く。

「大丈夫ですよ、あんたとこの候補者はどことも強いです。ただ九州の北で、ちょっと思いがけないことが起きそうですね」

「ハハア」

「それから今週の末あたり、野党内部でごたごたが起きそうで、それが影響して、衆院選でも野党の票は割れますね。まあどっちにしても、オタクは磐石《ばんじゃく》やと思いますねん」

「ほんとですかア。イヤ有難う有難う」

秘書氏はニコニコして、厚い金包みを置いて出ていった。

あとは中休みで、阿久姫は思いきり、ノビをして、短い大根足をふみしめ、椅子から離れて、いったり来たりする。すると、手首の腕飾りがチャラチャラと鳴る。

「まあ疲れはりましたやろ、ミツ子ちゃん」

と今は七十すぎたおトキはんが、焼芋の皿をもって入ってくる。

「あっうれし、お芋！」

と神サマはむしゃぶりつく。母親が制して、

「これ、待合室へ聞えまんがな」

「聞えたってかまへん」

「恰好《かっこ》悪まんがな」

と母親も今はでっぷり肥って貫禄《かんろく》がつき、ダイヤの指輪など光らせている。

「そういうたら焼芋よか、おトキはん、あんた洗濯もんかて、あんな人目につくとこへ干さんといてや。おまけにズロースなんか」

「何でだんね」

「何でて、ここはふつうの家ちがいまっせ、神サンの家だっせ。神サンの家にあんな下品なもん干したァったら、困りまんが」

「人間が人間の着るもん干して、何が下品だんね」

とおトキはんの鋭鋒《えいほう》はあいかわらず鈍っていないのである。母親も負けていず、

「人間、人間いうて、これはふつうの人間やないこと、何べんもいうてまっしゃろ」

「ミツ子ちゃんのことでっか」

「阿久姫のことだす」

「ミツ子ちゃんのことでんな」

「阿久姫のことだす！」

「わて、ミツ子ちゃんやったら知ってまっけど、阿久姫なんて知りまへん。ミツ子ちゃんのこと、神サンやタヌキやなんて、思うたことおまへん。ちょっとカンのええふつうの娘はんだす」

「もうええがな、うるさいな、何年、ふたりでごちゃごちゃ、けんかしてるねん」

と阿久姫は焼き芋を頬ばり、週刊誌をくりながら、

「あれ、××〇子はもう離婚すんのかいな」といっているところへ、

「センセ、ちょいと失礼しまん。ええ整形外科の先生がみつかりましてなあ」

と禿頭《はげあたま》のヘルスセンター主人や、ゴマ塩頭の自動車会社社長が入って来て、

「山本富士子《やまもとふじこ》型にしやはりまっか、花柳寿輔《はなやなぎじゅすけ》型にしやはりまっか、五ミリか一センチか、鼻高《たこ》うして、ついでのことに口かてこう、引きしまった……」

という話になったのである。

「そら、上手に整形しはるそうやさかい」

「整形て、どこを直しまんのん」

とおトキはんはあっけにとられている。

「いや、こういうたら何やけど」

とスーパー経営者は、阿久姫を見ながら、

「センセはもひとつ、神サンに縁遠いムードの顔やよってなあ、神サンに近い顔にならんもんかしらんと、みなでよりより相談しましてん」

「まあ、いわしてもろたら、鼻ベチャやったら何やこう……威厳、ちゅうもんがおまへんやろ」

「そらそうだす、やっぱり占い、ちゅうようなもんは何やらこう、近よりがたい、いうとこがないといけまへん」

「あほな、ようそんなこと、ええかげんにしなはれ」

とおトキはんが追っ払ってくれたので、阿久姫はやっとのことで、鼻をつぎ足されたり口を小さく縫ったりされる災難はまぬかれたが、つくづく、毎日が飽き果てる思いで、神サン扱いがわずらわしくてならぬ。十何年というもの、女の子らしい遊びも何一つ知らず、じじむさいオトナのなやみ事に乗って来て、何となく心にひらめくままをパッパッといいつづけながら年をとってしまった。まんざら当らぬでもない証拠に、年々、来客の数が増えこそすれ、減らないではないか。そうなると、ますます、側近の信者がやっきになって神サマに仕立て上げようとする。

このまま、ずるずると中年の神サマになり、婆さんの神サマになり、はてはほんとに教祖サマにさせられるかも知れぬと思うと、うんざりする。週刊誌の記事の女性たちは結婚したり離婚したり、子供を産んだりおろしたり、女として思うさまにぎやかに生きてるではないか。

ところが、阿久姫も、恋をしたのである。

あるとき、新聞社の記者が、年かさと若い方の青年と二人そろって、やって来た。

「あなたの占いはいわゆる、易、東洋運命学といったものですか。それとも西洋の占星術やトランプ占い、透視術のたぐいですか」

阿久姫は新聞記者のインタビューが一番にが手である。ひやかしたりせせら笑ったりするのもあれば、悪の摘発に勇み立つ正義漢の如く、ぎゅうぎゅうと問いつめてくるのもある。年かさの男は、そういうタイプらしい。

「あたし、そんなむつかしいことわかりません。小ちゃいときから、カンがよく働いて神経が強かったんです。それだけ」

「ちがいますよ、この子は八つのときに、ハワイのタヌキの霊がのりうつったんです」

と母親がいそいで口を出す。

「ハハア、ハワイにもタヌキがいてますか」

と感心したのは若い方の新聞記者である。

「そら、いますでしょ」

「すると阿久姫さんについたんは、マメダ（豆狸）の方ですな、小さい、可愛らしいマメダにちがいない、……アハハハ」

「つまり、あんたは教祖ですな」

　年かさの方は、青年にかまわず、せせら笑うごとくいう。

「教祖の貫禄充分、いうとこですな。ダイヤの指輪なんか光らして、えらいもんですね。ざっくばらんにいうて、儲《もう》かるでしょうなあ。月収、×百万は出るでしょう。プランナーはよほど頭が良《え》えんですな」

「そんな人、だれもいてませんよ」

「すると、会費に等級をつけてるところや、店の繁昌《はんじょう》、マスコミへの宣伝など、みな、阿久姫さんの指図ですか、あんた中々商売人ですな」

　とひやかし、手帳をとじて、

「ところで、その霊感ちゅうもん、あんたほんまにあるんですか。どうも見たとこ、そうは思えんのやけどねえ」

　と気のせいか、阿久姫の団子鼻をしげしげと見て言うようである。阿久姫は癪《しゃく》に障り、

「霊感ていうのか何か、ともかくパッパッと何でもわかってしまうんです。あんな感じ。じっとその人の顔みて、名前みてると、質問がとけてくるんです」

「自分のことも分りますか」

「分ります。でも、こうしたらあかんな、と思うことを、わざわざしとうなります」

「あんた、うまいこというね。なかなか、こすい神サマですな。恋愛したいこと、あり

ませんか」

「恋愛はしたいですわ」

「自分ではいくつぐらいと思いますか」

「三、四年先でしょうね。あたしはオクテやから……」

「相手はどんな人ですか」

「新聞記者の方ではないと思いますねん」

といってやると、何をこのヤロウ、という顔で彼は立ち上った。こういう連中は気骨が折れる。そうして、女一人でしんどい眼をして毎日何をたのしみに暮しているのであろうかと思うと、つくづくわが身が情けなくなって、神サマにあるまじき生身の乙女の涙が出てくる。背後のタヌキがのんびりした顔で徳利を持って立っているのも気に入らぬ。

タヌキの頭をなぐってから、阿久姫は机にうつぶしてちょっと泣いた。母親が座を外したら、

「阿久姫さん」

と男の声がするから、面をあげると、さっきの若い男がひとり、机の前に近々と寄り、

「どないしました、疲れてはるのとちがいますか。表にたくさん車とまって、待合室に外人がいてますよ」

「ええ、神戸の領事館の人々が本国の家族のことやら国際情勢やら聞かはるんです」

と阿久姫はハンケチで顔を拭《ふ》きつつ、起き直って小さい声でいう。

「国際的になって来ましたな。けど何も、体のしんどい時に無理せんかて、いやな時は休んだらどないです……非人間的な辛抱せんでよろし」

「………」

「そや、抜け出して踊りでもいきまひょ、メシ食うて……酒飲めますか、そんなとこいったことありますか」

といわれても、何せ、優しい若い男からそんな言葉をかけられたのは今日がはじめて。阿久姫はボウとして上気してうなずいていると、

「ほな、エスケープしまひょ。タヌキの神サンなんかほっとけ、ほっとけ」

と、二人で塀をのりこえ、そっと町へ踊り出して、あとは阿久姫は生れてはじめての楽しさでワクワクして、どこをどう廻《まわ》ったのやらおぼえもなく、深夜ちかくに青年に送られて、腕を組んで町をあるいているのも夢の中である。

「あのなあ、僕なあ、あんたがさっき泣いてはるのん見て、ほんまに気の毒な気ィしてん。人間らしい生活もせんと、いうならタヌキのカーテンの向うにとじこめられてるのん、不合理やで。僕、あんたが好きや」

「こんな、鼻ペチャでもええのん？」

「こないするとき、鼻ペチャは便利やがな」

と青年はふいに唇を寄せて来て、

「こんなんしたら神サンに叱られるかいな」

「あほ」

と、阿久姫も、いまは恋のたのしさで酔っぱらったようになって、いつもの、冴《さ》えわたってビンビンと張りつめたような頭の中も何やらボウとカスミの掛った如く、それからは唐戸《からと》さん（青年の名である）唐戸さんで、家中が呆《あき》れるぐらいである。

唐戸は裕福な会社社長の実家があるが、自分から好きで、記者という職業をえらんで働いている。小遣いが豊かで阿久姫を遊ばせるのに不自由はないが、とうとう、阿久姫が結婚を言い出したときに、

「何でまた、あんな、たよりない坊ん坊んみたいな人と……」

と母親は怒ってしまった。

「神サンが結婚する、いいはるのはちと、……」

としぶる信者やら、

「あらちと、遊び人らしいでっせ。どうせぐうたらな男はんとちがいまっか、止めなはれ」

こんどばかりはおトキはんも皆と一しょになって引きとめ、そういわれればそんな気もするが、本人は頭も狂ったみたいで、

「先のこと、占うてみなはれ」

といわれても、いくら考えても頭はからっぽ。「駅前の易者にみてもろたら……」と、

おトキはんがいうと、相性悪しと出る。それでも阿久姫は誰が何といおうと、

「絶対、結婚する！　人間らしく生きたい」

とおトキはんにかみつくようにいった。

「かしこいミツ子ちゃんでも、やっぱり根はうぶやな、男をみる眼ができてまへんが」

「あたしのカンでは大丈夫やわ」

「へへ、さよかいなあ」

と婆やには信用なく、それでも阿久姫側の仏頂面のうちに縁談はすらすらまとまった。

3

半年くらいのあいだ、阿久姫は唐戸と遊び暮して、それでもほとんど毎日のように、実家に帰り、客の話を聞いていたのだが、昔は機関銃のようにパッパッパッと口から出て来た応答がだんだんスピードを落してくる。霊感がにぶる。そうして客のあい間に、唐戸のことばかり考えている。

どこがうまく合わなかったのか、ついに阿久姫には不可解なままであった。遊んでいるあいだは気が合って楽しい相手であるが、家へ帰ると、阿久姫は途方にくれることばかりである。

「おい、茶でもいれんかい」

と夫はいう。阿久姫はびっくりして、

「あたしが？」

「ほかに誰居てるねん」

そういえばお手伝いさんはもう寝てしまっており、阿久姫は途方にくれた。

「そやけどあたし、マッチすったことないねんもん、怖いわ」

「怖い？　ええ年して何いうとんねん。腹へった。おじやでも作ってくれよ」

「庖丁《ほうちょう》もったことないから、見ただけで怖いねん」

「何が怖い」

「刃物見たら、キーン、となるの」

「タヌキの霊感のせいでっか」

と夫は皮肉な笑い、仕方ないので阿久姫は台所へいって目を瞑《つぶ》って庖丁をとり、葱《ねぎ》をきざんだり、ダシをとったり、いつかおトキはんのやっていることを見よう見まねでやっているうちに、何の涙かポロリとこぼれて、こんな恰好《かっこう》は、おタヌキさんのお告げになかった、と、我が身が可哀相になってくる。やっと作ってもっていくと、「もう要らん」と、酒くさい高いびき。今更に、「非人間的な」あの家が恋しくなって、母親とおトキはんと女中二人にかしずかれていた生活の安易さが思われる。朝になるなり、とんで帰って、そのまま仕事に入り、夜は電話を入れてみると夫はまだ帰っていない。

「もう、おそいから、そんならこちらでとまります」

と電話でことづけをたのんで、久しぶりにフランス人形の飾った娘時代の寝室でのびのびと寝る。タヌキの置き物も、「ようかえりはりましたな」というようで、それがクセの頭をなでるうちに、インスピレーションも湧いて、昔の勇気りんりんとなるのであった。

とうとう半年たたないうちに、別居、離婚と坂をころがるようにことはこび、

「人の問題はみて、自分のんわかりませんか」

という、いじわるインタビューが多くなるが、阿久姫はにっこり笑って、

「そやからいうたでしょ、ちゃーんとこうなるのんわかってて、人間いうたらいかん方をしてみとうなるんです。厄介なもんですね」

とうまくかわした。

半年の結婚生活のあいだに何やらウロコが目から落ちたように、霊感もよみがえり、

「やっぱりお金でもしっかり貯めんとあかんのかしら？」

と帳簿をもって来させたが、そろばんもろくに入れられない彼女のことで、「まあ任しときなはれ、神サンはオタヌキさんの頭さすってたらよろし」と側近の信者にたしなめられ、別の男が、

「ついでに風呂《ふろ》でもやらはれしませんか」

「お風呂？」

「いまはやりのサウナ風呂ですけど。ビル街のまん中につくるのんも、ちょっと面白い

のとちがいますか」

これも人助けのためですよ、と採算は度外視するつもりはないが、人から借りた金ではじめた。

心斎橋筋は、道頓堀川ぞいに、ビルの一室を借りて小さいサウナ風呂をつくった。

「趣味ではじめてんの、あたしお風呂好きやもん」

と、阿久姫はたのしそうに言いながら、このごろ、酒に親しむようになったせいか、

「胃がきゅーんと痛いときあるねん」

とおトキはんに訴えた。

「何ででっしゃろ、易の先生に見てもらいまひょか」

とおトキはんはあいかわらず阿久姫のカンを信用していない。しかしテレビに出たり雑文を書いたり、いまは梅田《うめだ》のデパートの十一階に事務所をうつし、近代的な事務室になって、焼きもののタヌキも母親のツル代もいないのである。

ツル代は家で、タヌキの頭にハタキをかけながら、

「この頃は娘も忙しいなりまして……」

と近所の人に吹聴《ふいちょう》するのがたのしみである。

「新工場を××にもってゆきたいが、土地の相性としてはどうやね？」

「××はええと思いますね、ますます伸びて社運隆盛やと思います」

「結婚約束したんですけど、この頃、男が冷とうなって……」

「そら相手をよう見んとあきませんね。この男性は浮き足だってます。もともと浮気な人で、こんなん、はじめからあきらめた方がよろし」

とズバズバと裁決する。一件十分ぐらい、流れ作業の如く、今こそ阿久姫はよう男なんかと早う別れたこっちゃと思う。昔のみずみずしい霊感ももとに戻ったようで、そのやさき、

「えらいこっちゃ、サウナ風呂やけて死人三人も出ました！」

とびこんで来た事務局員の声に思わず阿久姫はよろよろし、胃痛の原因はこれやったんかと思い当った。

かげろうの女

——右大将道綱の母——

1

今朝、夫はねぼけて、私の名を呼びまちがえた。

「時姫《ときひめ》、泔杯《ゆするつき》（洗面器）はどこにある？」

といいながら、帳台（寝台）から出てくる。

私は返事しないで髪を梳《す》いていた。

夫は目の前の泔杯には気付いたらしいが、やがてまた、

「やあ、𣏐《はんぞう》に湯がないぞ、時姫」

とごていねいに二度までも大声で呼び立てる。

だいたいが声の大きい男である。遠くまで聞えたのかして、あたふたと、小君《こぎみ》が湯を持って来た。小君は私の召使っている若い娘である。小君にも、夫が「時姫」と私を呼ぶのが聞えたにちがいないが、さかしい彼女は知らん顔をして、朝食の用意のために、また出ていった。

「ああ、寝すぎた、寝すぎた、今日は早うから参内《さんだい》せんならんのに、寝すぎた」

夫はやかましい音をたてて口を漱《すす》ぎ、顔を洗う。

彼は体も大きいが、声も大きい。そうしてすることなすこと、騒々しく粗雑である。よくいえば豪放らいらく、というのかもしれないが、帝の次の高い身分、天下第一等の家柄たる摂関《せっかん》家の御曹司にしては、あんまり繊細優雅な人とはいえまい。眉《まゆ》が濃く、鼻梁《びりょう》のがっしりした、目つきのするどい男で、体つきはいかつい。人の話では、彼の兄の伊尹《これただ》、兼通《かねみち》はもうちょっと優しげな男で貴公子らしいというが、彼はむしろ、父親の師輔《もろすけ》似のほうで、どちらかといえばがさつな気性は父親ゆずりだという話である。

二人で向きあって朝食をとるあいだ、無言だった。もっとも、夫は朝から大食で、塩《しお》瓜《うり》と魚の干物で、水漬けの飯を何ばいも代え、さかんな食欲で忙《せわ》しく食べているからであり、私は心で思いあぐんでいることがあるからである。

夫が一息ついた所を見はからって、

「さっき、何とお呼びになりました？」

と私は目をあげずに言ってやる。

「何や？」

と夫はきょとんとしている。

「わたくしを何とお呼びになりました？」

「何が？　わしが何を言うた？」

「時姫、とおよびになりましたよ」

「そやったかいな」

「また、白ばくれて」

「いや、ほんま。それは知らなんだ、かんにんせい」

「二回もつづけて」

「ふうん」

「ゆうべはあのかたの夢でもごらん遊ばしたのでしょう」

「夢なんか、みるものか、知らずに口から出ただけや」

「呼びなれていらっしゃるから……」

「道綱はどうした？」

と、夫はすぐ、赤ん坊の話にそらしてしまう。形勢不利とみるとこうである。

「まだ寝ております」

「起すのも可哀相やな。では、このまま出かけよう」

夫は廂《ひさし》の間まで出て、気持よさそうに息を吸いこんだ。食後、一刻の間も惜しいようにせかせかとするのは夫の癖である。

格子をあけ放してあるので秋の早朝の空気はかんばしくはいってきた。

「ああ、ええ天気や」

などと夫は機嫌よくいっている。自分は言いたい放題に口から吐きちらしておいて、こちらの感情は無視するのも、いつものくせではあるが、いかにも図々《ずうずう》しくて腹が立つ。

彼は何気なくいった言葉だろうけれど、私の心にはぐさりとつき刺さったのだ。この人の意識には、あの女のことしかないのだ。

ゆうべの、あの心と心のかよいあった、夫と妻のこまやかな思い出も、今朝の心ない夫の一ことで、粉々にこわれてしまった。それがどんなに私を傷つけているか、とり返しのつかないことなのか、無神経なこの男には何もわからないとみえる。いや、わかっていても、案外、老獪《ろうかい》なところのある夫は、無神経をよそおって気付かぬふうでいるのかもしれない。ほんとに男って一筋縄《ひとすじなわ》でいかないいんだから。

「おい、いつまで拗《す》ねてるのや、今夜もくるからな、つづきは今夜にしよう」

従者たちが牛車《ぎっしゃ》の支度をしている様子なので、夫はちょっと私のご機嫌をとる口吻《くちぶり》でいって、さっさと出ていった。鮮やかな進退である。

見送りもせず、私は道綱のそばにいたが、簾《すだれ》がひるがえったすきに、中央の階《きざはし》から牛車に乗る夫の姿がみえた。夫は直衣《のうし》の裾《すそ》を無造作にさばいて車に乗りこみながら、随身《ずいじん》の青年に笑っている。何か冗談でもいったらしい。

朝日が夫のつやつやした顔にあたり、いかにも若々しい美しさにみえる。

人を苦しめて、あんなのんきそうな顔で笑っている。私はくやしくて、今晩、彼が来たらどんなふうに言いこらしめてやろうかと、もうそのことで、あたまは一杯である。愛着とも執念ともつかず、私は夫をにらんでやった。

時姫というのは、夫のもう一人の妻である。

時姫もあまりいい家柄の出というのではない。いうなら、私よりはまだ、見おとりするくらいのところである。彼女の父も、ぱっとせぬ中級官吏である。

夫が——藤原兼家《かねいえ》が、私に言い寄って来たのは昨年の春であった。

私の父の藤原倫寧《ともやす》と、兼家は、ともに右兵衛佐《うひょうえのすけ》（近衛府の官人）で、職務上、関係が深く、はじめは父に、

「お宅には美しい姫がおいでだとか——さだめしご秘蔵とは存じますが、手前にお許し頂くわけにはいきませんか」

となれなれしく話をもちかけたらしい。

職場こそ、共通とはいっても、相手は、私の家などとちがい、いやしくも藤原本家の中でも、嫡流の、右大臣師輔の息子である。今でこそ、右兵衛佐であるが、将来、どこまで出世するか見当もつかない貴公子である。

前途有望な青年で、彼をよい婿がねとめざしている娘の親たちも多いだろうに、

「お美しい上に、すぐれた歌よみでいられるとか——実意でお慕いしておるのですよ、どうかお許し下さい」

と、熱心に父に頼みこんだそうである。

こちらは一受領《ずりょう》（地方長官）の娘で、あまりに身分がちがいすぎると、古風な両親は当惑したらしい。

しかし、私は父母の当惑に対しては、ちょっと不満であった。私の家は身分こそ、中級であるものの、父も兄も歌人の評判たかく、文化程度では決して、卑下すべき階層ではないと思っている。私は父も兄も、すぐれた知識人、学者文人であり、学問、風流、才芸を尊ぶ家風であることを誇りに思っている。たとえ右大臣の息子であろうとそんな権門に負けるものかという気概が、まだ少女の夢去りやらぬ、娘の私の胸に燃えていた。

それに、驕《おご》るというのではないが、私は自分で自分が醜くないことも知っていた。物詣《ものもうで》に、折ふしあちこちへ出ると、

「まあ、お美しいお姫さま。どこの姫やら」

というささやきが、波のように周囲の人垣にどよもしてゆくのを、私はいつも聞いていた。

侍女や従者たちまでが誇りかに、

「藤原倫寧さまのお姫さま」

と高らかに教えているのに、頰を染めながらも私は馴《な》れていた。私は十八になるまで、数しれず恋文も送られたし、意味ありげな歌、気を引くような歌も送られた。

しかし、どんな誘いも、どんな男も、ついに私の気に入らなかった。

あまりに気どった青年や、美貌《びぼう》や才智や名門を鼻にかける青年はばかに見えるだけであり、朴訥《ぼくとつ》でりちぎで謙遜《けんそん》な青年たちは、あたまでは気に入っても心ではもうひとつ食い足りない思いがして退屈であり、どうしても心を奪われる男というのには、めぐりあ

わなかった。

折々の青年たちの誘いに、もう半ば飽きあきし、またか、という気持になっていたといえる。だから、摂関家の子弟ということに、こだわる気持もなく、心をときめかされることもなかった。

ふつうなら、この時分の結婚は、しかるべき仲介の人をたてて申込むか、または侍女を介して意中を伝えてくるのが例なのに、藤原兼家という青年は、どこまでも型やぶりで、破天荒だった。

父親に仄《ほの》めかして、ことわられそうな気配をみてとると、こんどはそんなことは物ともせず、部下の随身に手紙をもたせて直接やってきた。

「右大臣さまの御子が……勿体《もったい》ない」

と老母などはいたく恐れ入っている。失礼にあたるから、ととりあえず手紙をひらいてみて、私は失望した。粗末な料紙に、よく書くという評判に似ず、拙い手蹟《しゅせき》、歌はといえば、ことふりた、下手な腰折れが一首、乱暴に書きつけてある。

「美しい方という評判だけ聞いて切ない思いに胸を焦しております。どうかお目にかかってお話ししたいものと念じております」

という歌意である。

まさか、あの方のお直筆ではあるまい、と私は思った。もし直筆だとすれば、あまりにも興ざめであり、もし代筆とすれば、無頓着《むとんちゃく》にもほどがあり、私を愚弄《ぐろう》しているとし

か思われぬ。捨てておこうと思ったのに、

「それはお前、やはりお返事はぜひとも……」

と母がしきりにいうので、

「お門ちがいでございましょう、こちらにはお話できるようなものはおりませんけれど」

という意味の歌をさらさらとしたためて、使者に渡した。

しかしそれからのちも、歌はひまなく送られてきた。

三度に一度は返事をしていると、向うからも喜んで手紙がくる。使者は繁々と往来するようになった。

あとで分ったことだけれど、兼家はみんな代筆させているのである。厚かましいというか、図々しいというか、

「私はこんなにまめまめしい心でいるのですよ。神かけて、あだし心でお目にかかろうというのではありません」

などと書くのが、乱暴な字なので、ほんとに呆《あき》れてしまう。呆れながら、私は男の強引さにふと、面白い気持にもなり、敵対心をかき立てられた。

「鹿の音《ね》もきこえない里にすんでいるのに、眠られないとはあやしいことです。なぜだと思われますか」

という手紙に、

「まあ、へんですね。鹿の名所に住んでさえ、眠れないなんてことはない、といいます

のに」

と私は言い返してやった。

「逢坂《おうさか》の関は近くても、中々越せないものですね」

という歌には、

「逢坂よりも、勿来《なこそ》の関《せき》こそ、越えにくいと申しますわよ。勿来の関は、浮気心では越えられないものですから」

といい返した。

男もしだいに、私の間髪を入れぬ返事に興味をもったらしい。ますますまめやかに便りをよこし、私の方も、ぐいぐいとふみこんでくる男の傍若無人ぶりに、あれよあれよと思うばかりだった。

結婚は夏のはじめだった。男は夜、はじめて私の邸《やしき》にやってきた。私はもう、二十六歳のこの公達《きんだち》には、二年前に結婚した時姫という妻があり、道隆《みちたか》という一人の男児ももうけていることを知っていた。

もっとも、この頃の結婚は、だからといって、時姫が正妻で私が第二夫人というのではなく、同じ立場の妻なのであり、男は何度でも結婚できるのである。

そして、男は女の家へ通い、女は従前通り父の邸に住んでいる。男は女の家族によって、養われ、かしずかれ、別に本邸をもつこともあれば、女の邸に引きとられて住むこともある。

兼家の本邸は東三条《ひがしさんじょう》にあるが、彼はそこへは誰も連れていかず、時姫の所へも私の所へも通ってくる。

三日夜《みかよ》の餅をたべ、ところあらわしをして親族や世間に披露してから、彼は晴れて私の夫になった。時姫も私も同等の立場である。

夫は私のところに来ない夜は時姫のところへいっているか、自分の邸にいるわけである。

そこで、結婚するが早いか、私は酷烈な嫉妬《しっと》に苦しめられることになった。

あんまり彼をまちくたびれて、せっかく彼が来たときには、私は嫉妬の妄想に疲れはてていた。

「どうした。えらいしずかやなあ」

と夫は何も気付かぬさまでいう。

「今日は面白いことがあった、内裏で……」

などと話しだすが、私はだまっている。

「ちょっと、思い出したことがあるから、出てくる」

夫はさすがに手もちぶさたに言って立ち上る。怒ったらしい。

「どうぞ。それではもう、門はしめてもようございますね」

「勝手にしたらええ。どっちでも」

と夫は言い捨てて、出ていった。

「どうして、おとめなさらないのですか、足音もあららかにお出かけになってしまいましたよ」

小君たちが心配そうにいうので、

「いいのよ、門はもう閉めて。どうせ時姫のところへいらっしゃってるのだもの」

などといっていると夜半、夫は門を叩《たた》かせていた。戻って来たのである。

まっすぐ、私のそばへ来て、もう機嫌は直っており、

「この、気むずかしやさん！　一しょになって一か月でこれでは、先が思いやられるわ」

と、私を抱いて笑った。彼は酒と馬具の革の臭いがしており、私は素直に嬉《うれ》しくて、よう戻って来てくれたと思いながらも、それは口には出せないで、

「きっとあちらで、閉め出されていらしたから仕方なく、ここへ戻ってらしたのでしょう」

というと、夫はまた、笑った。そして、私の頰をつねった。

「この、口へらずの、こましゃくれの、小意地のわるい花嫁は――」

嫉妬したり苦しんだり、で幕があいたとみえる結婚生活は、まだそのころ、なんと楽しい甘い日々だったろう。そののち、父が陸奥守《むつのかみ》になって任国へ赴任したが、その淋《さび》しさと心ぼそさに加えて、私はしだいに、男と女が暮すことのむつかしさを知るようになった。

夫は時姫のことは大っぴらなので隠さないが、隠さないことが、尚《なお》、私には辛《つら》く、言わないことがあれば、よけいまた気を廻《まわ》して、私の意識から時姫が消えることがなかった。

「おうような女や、どっしりして、少々のことではびくつかない所がある。人間ができてる」

などとほめたりする。その無神経。男がバカにみえるのはこんなときである。

「人のワルクチを言わんところがえらい」

「わたくしはよく、言いますからね」

「誰がお前のことをいうた。あちらの話や」

「誰があの方の話をしてほしいと頼みました」

夫は身重のうちは気がたかぶるものだといって、とりあわない。私はほんとに、そのころ、気がいらいらしてとがっていた。暑い夏のさかりではあるし……。

出産が近づいてくると、夫はさすがにまめまめしく世話をやいてくれて、泊りきりだった。無事に男の子が生れ、夫はよろこんで、道綱という名をつけてくれた。

ほとんど、私の家ばかりにいるとみえた、ひと月ふた月のあいだであったが、それが今朝のことである。

夫が出ていってから私は、ふと厨子《ずし》棚の上の筥《はこ》をあけた。

すると夫の筆蹟《ひっせき》の手紙が入っている。

何気なくひらいてみると、

「お返事がないのでしばらく、気をもんでおります。まさか、私の心をうたがって末《すえ》の松山《まつやま》の誓いを忘れたわけではないでしょうね。あなたのことを思うと夜も眠れないほどですが、当分、子供が産れたばかりで体がくくられて出歩けないので……」

などとある。

この文面では時姫ではないらしい。第三の女にちがいない。私は青くなって、立ちつくした。男というものは、何てすばしこい、ぬけめのない、この家にばかりこもっていたし、参内もここからしたりしたのに、いつのまに。

おのれ、どうしてくれようと、私は夫がほかの女に宛てた恋文を握って、胸も煮えたぎる思いであった。この日頃、何くれと心をつくしてきげんよく面倒を見てくれていたと思ったら、その一方で、いけしゃあしゃあと、こういう恋文を書いて、あだし女との色事にうつつをぬかしているのだ。何たる老獪《ろうかい》、狡猾《こうかつ》な男。

破ってやろうかしらんと考えたが、まてしばし。

そこいらの婢女《はしため》みたいに取り乱しては、私の教養と誇りにかかわるというものだ。生れ、家柄こそ夫の家系には劣れ、わが一族の教養と才能は当世一流だと、それを誇りにして育てられた私ではないか。卑しい女たちのするような物狂いをさらけ出しては、わが一族の名誉にもかかわろう。

私は髪も白くなるほど考えて、その手紙の端に、「見た」という証拠の歌を書きつけてやることにした。それは次の如き歌である。

「うたがはしほかにわたせる文《ふみ》みれば
　　ここや　とだえにならんとすらん」

いうまでもなく、疑わしと、はしをかけてある。わたせる、ふみ、とだえ、みな、橋の縁語で、みちのくの歌枕のとだえの橋ではないが、こんなお手紙があるところを見ますとあなたはよその女に心奪われて、もうここへはいらっしゃらないおつもりなのですね、という皮肉である。

しかし、それをかけことば、縁語をひっかけ優にやさしく詠んであるところが、言いたくはないが、私の文学的才能というものだ。夫のかくし女がどんな女か知らないが、これほどの歌をよむ才能はないのじゃなかろうか。夫も感じ入るにちがいない。何も言わず、ただそっと、書きつけておく所が、興ふかくも、やさしい女の物怨《ものえん》じだと、却《かえ》って面白がり、私を可愛く思うかもしれない。われながらよい思いつきであり、われながら名歌であった。あとで歌集でも作るときに、と思って、メモしておく。

それを見たのかどうか、知らぬふりでいると、そののち、しばらく夫の足が遠のいたことがある。

夫が来ぬからといって、こちらから押しかけるわけにはいかない。夫の来訪をひたすら待つだけが、妻のたしなみで、女のしつけである。久しぶりに来たとき、夫は手紙の

ことには何もふれず、何だかそそくさと、

「今夜は夕方から参内しなければいかん」

と用意をさせた。どうもおかしい。

ピンとくるものがあって、私は小君に、

「あとをつけてごらん」

とささやいた。

「は？」

と小君は質問の意味がわからないような顔で私を見返している。

「いま出られた、あの方のお車のあとを男に尾《つ》けさせなさい。どこへいらっしゃるか」

「東三条のご本邸か、時姫さまのお邸でしょ」

「ばかね、絶対、あら手にきまってます」

「まさか、そんなことは……」

「ぐずぐず言わないで早く、尾けさせなさい！　見失うじゃないの！」

私の金切声と見幕に小君はおどろいて、飛んでいった。

しばらくして従者が帰って来たらしく、

「町の小路へお車が止りましたって。目立たないような小さな家にお泊りになったようですよ」

と小君が目をみはって注進にきた。

「それごらん、やっぱりでしょう」

「ほんとに。たいへんな北の方さまの直観」

「町の小路だなんて……まあ、そんな、卑しい身分の女を……」

いったいどうして夫はそういう女と知り合いになったのであろうか。評判のよくない浮気女たちが住んで、貴公子たちの遊び心をそそっている悪所として、町の小路のことは聞いていていたけれど、まさか夫まで、そんないやしい素性のしれぬ女と関係していようとは。

これも相手が公卿《くぎょう》の姫とか、せめて内裏の女房たちならまだしも、そういう下賤《げせん》な低級な女と、私とが同等の位置に立ってしまったのだと思うと、誇りも愛も、むざんに踏みつぶされたような気がして、目がくらんできた。

結婚して一年で、もうこんな目にあうなんて、私は前世でどんな悪いことをしたのであろうか、いや、夫は私のどこに落度が、不足が、あるというのであろうか。私の美貌《びぼう》、私の才能、私の妻としての心遣い、自分ではこれ以上できないと思うほど、全身全霊をうちこんで夫に献身的に仕えて来たのに。

ほんとに男って、どこまで図々《ずうずう》しいのであろう、二、三日たった夜、門を叩《たた》く音がする。

「あ、いらっしゃいました」

と小君は、ここ二、三日私の気持がすぐれないのを引き立てるようによろこんで、

「ご用意なさいませ、早う早う」

と、あたりを片付けはじめた。

「殿のお渡りであります、お開け下さい」

と夫兼家の従者たちの声もする。

「だめ！　門をあけないでおおき」

「まあ、どうしてでございます、北の方さま」

「なぜでも、お目に掛りたくないのよ」

「でも、……そんな……」

「開けてはなりませぬ。そしらぬ風で。いらえをしてはいけませぬ」

その間も、しきりに門が叩かれていたが、しばらくしてはたと止み、やおら牛車が、わらわらと方向をかえて立ち去ってゆく物音がした。耳をすますと、どうやら町の小路のあたりへ去ってゆく気配。

いいのだ、このまま去れ、立ち去れ、私が女の誇りを傷つけられてどれほど苦しんでいるか、どれほど夫を怨《うら》んでいるか、少しでもわかっているのかしら。薄なさけのぼんくら男め。打ちすてておこうと思いながら、私の心の中は火の車である。燃えさかる煩悩の炎は消えようともしない。憎くてたまらないくせに、つき放して忘れることもできない。来れば拒否するくせに、去れば呼びつけて面罵《めんば》したい気がする。

私ほど、あわれな女がこの世にあろうか。

筆を取って、彼に贈る歌を、あれかこれか、考える。長いこと掛って出来た歌は次のようなものである。

「なげきつつ　ひとり寝《ぬ》る夜の　明くる間は
　いかに久しき　ものとかは知る」

しみじみと口ずさんでみて、これも秀歌であると我ながら、心ゆく満足を得た。女の怨み嘆き、拗《す》ねごとがすらすらと高い調べで出ている。どうしてこう巧《うま》いのかと思う。ほんとに苦悩というものはすぐれた文学作品を産み出す原動力になるものだと思った。そう思えば私の逆上もやや慰められる心地がする。私は気どって、花の盛りのうつろった菊の一枝につけ、使者を夫の許《もと》へやる。

返事はみじかい走り書きで、

「門があくまで待つつもりだったが、急ぎの用を思い出して引き返した。お怒りはご尤《もっと》も。しかし門のあくのを待っている身も辛《つら》いものですよ」

なんて、しらじらしく書いてる。何が急ぎの用だ。

次に夫が来たとき、会うには会ったが私はものも言わないで冷たくしていた。私が町の小路の女のことで怒っていること、彼の誠意ある弁解、もしくは謝罪を要求していることは、私の沈黙からわかりそうなものなのに、夫はわざとしらぬ顔だ。

「今夜はえらいきれいにみえるなあ。まあ、こっちへおいでえな」

と、若い小君などそばにいるのに、みだらがましく挑んで引き寄せようとする。

いったいこの男は、何度もいうようだが、優雅な物腰や言葉から程遠いのである。

「いやです、侍女《おんな》たちがいますのに」

「ええがな、夫婦が何の遠慮することあるかいな」

などといって、私の手首を握ったまま離さない。

「なに怒っとんねん、けったいな奴ちゃな」

「もうだめですわ、夫婦だなんておっしゃっても元通りの気持になれませんわ、一度わたくし、はっきりお話を承りとうございますわ、例の女の人のことです、いったいどういうおつもりでいらっしゃるのか、……そりゃ、いまの世の中の掟《おきて》では、殿方は幾人の妻をもっていらっしゃってもいいことにはなっていますわ。でも、あれほど、言葉をつくしてわたくしをくどいたり、末の松山、波も越えなんとあらゆる愛の誓いをお立てになった、その舌の根も乾かぬうちに、もう浮気心でほかの女に目移りなさるなんて、どういうおつもりですの、結局、あれは、あの愛の誓いはみな、はかない虚言《そらごと》でしたのね、あなたには人間の誠意、男の真心というものは……なんにもないんですのね……」

私は感情が激して来て思わず、胸がせきあげた。夫は興ざめた態《てい》で手を放し、

「そんなことあるかいな、あんただけ思うてるのは、かわりありませんよ」

「いつはりの、なき世なりせばいかばかり、人の言の葉うれしからまし、古歌にございます」

「何がいつわりであるもんかいな、嫌いやったら来ませんよ」

「そもそも、わたくしははじめから、お申込み頂いたときに辞退したのでございますよ。それをむげに押しきって結婚しようと仰せられたのは、あなたです。決して決して悲しい目にあわせはすまい、長い一生たのしく暮していこうなんて、……父がどうか行末長く、この娘をよろしくお頼みしますと、老いの頭を下げて懇願いたしました時にも、何のご心配あるものですか、と頼もしそうなお口ぶり、その口の下からもうこんな……わたくし、もうあなたを信じることは絶対にできませんわ」

私はすすり泣きつつ、ふと、指のまたの間から夫がどんな顔で聞いているかとのぞくと、夫は酒を平気な顔でどんどん飲んでいて、

「道の口、武生《たけふ》の国府《こふ》に
　わたしゃ流れて来たわいな」

などという、はやり歌を低く唱《うた》っていた。下世話にいう、蛙のつらに小便というのはこういう男だろうか。いいご機嫌の顔色で、

「風よ吹け吹け　伝えておくれ
　わたしの父さん母さんに」

「聞いてるがな、聞いてるがな、ちゃんと耳へ入っとる」

と夫は居住いを正して、にやりとしてから、

「まあ、こっちへ寄ってあんたも一杯のみ」

と白い酒を土器《かわらけ》につぐ。

「それはそうと、この間、歌を書いて来たやろ。いかに久しき……いう歌。あの時、邸には兄貴の兼通やら、従兄《いとこ》の頼忠《よりただ》なんかの連中が飲みに来ていて、見せろ見せろ、いうから仕方なしに見せてやったら、いや感心したの何の……」

「……あら、はずかしいわ」

「くり返しくり返し、〈なげきつつひとり寝る夜の明くる間は〉と一人がよみあげるとまた一人が〈いかに久しきものとかは知る〉と口ずさんで、えらい感心してた。古今の秀歌やないかというて、早速、殿上でひろめたそうや。内裏の殿上人や女房の間でえらい評判になってるそうな。帝も御感に入られてよみ人の名を問われたとか」

「まあ……帝さままで！」

「才色兼備というのは、おたくの北の方のことをいうのやおまへんか、とこの頃どこへいっても、からかわれるねん、いやもう、照れくさいやら恰好《かっこう》わるいやら……まあ、悪い気はせえへん。作者は半分、わしみたいなもんやから」

「半分って？……」

「あなたッ！」

「あんたも独りもんではあんな秀歌も作られへんやろ、つまりは、わしの力が半分はいっとる、いうこっちゃ。どうや、歌集でもつくるときは、わしの名前も一しょに書いてんか」

「あきれた方」

「そうなると、これはわしの浮気も夜遊びも、ひたすら、あんたの芸術のためやからな、しぶる心に鞭《むち》打って、浮気にいそしむことにする。ワハハハ」

「何を勝手なこといってらっしゃるんです」

「まあ、ええがな、一つどうや」

と酒をすすめられて、何となしに仲直り、あくる朝、夫はまたぞろ、「湯や水や」と叫んで手間を取り、騒々しく出ていったが、あとで考えてみると、うまく夫の調子に乗せられた気味もないではない。私って、何とはかない、あわれな、いじらしい存在であろう。夫のちょっとした嬉《うれ》しがらせやおべんちゃらに、ついのせられるなんて……こんな可憐《かれん》な、いじらしい女がほかにいるであろうかと思うと、われとわが身のいじらしさに涙ぐまれてきた。


そのあと、またしばらく夫の足はとだえた。尤も、来ないのは私の所だけでなく、時姫の所へも足を向けていないらしい。わかっている、町の小路の女の所にきまっている。

私は時姫が彼女のことを知っているのかどうか、ことによったら共同戦線を張って夫に当ってもよいと思い、たよりを送った。

「まこも草を苅《か》る季節になりましたが、まこも草はおたくの許さえ離れているという噂。いったい、どこの岸辺に根を下しているんでしょうねえ」

という意味の歌である。まこも草は夫を指しているのは無論である。時姫の返事も歌で、

「あら、私の方は当然、そちらと思ってましたわ。そちらじゃないんですの？」

という意味の歌である。上品ぶってそらしている。この歌だって、時姫の歌ではあるまい。きっと傍の侍女か何かの代作だろう。かかわりあうとわずらわしいことになりますよ、べつに仲良くしなくたっていい所ですから、当らず触らず、おそらしなさいませよ、なんて進言して、したり顔ではぐらかしたのにきまっている。こういう上品ぶった、頭のわるい、不正直な女が私は一番きらいだ。町の小路の女のことも知ってるに違いないくせに、一ぱし貞淑ぶって嫉妬《しっと》の情もみせず、良妻づらしているよ。腹が立つなら立ったで、妬《や》くなら妬くで、何が悪いのだ。

つまらないことをして、よけい腹を立ててしまった。私って、少しおっちょこちょいの所があるのかもしれない。それとも、正直すぎるのかしら。いつの世でも純粋で正直なもの程、苦労するように出来ているのだ。

夫は時たま、忘れたころにひょっくりやってくるが、私が冷たくするものだから、幼児の相手だけして、やがてこんどは夫が怒ってしまい、帰ってゆく。もう来なければ来

ないでもいいと思っていると、私の家へさして車が急いでくる物音がする。すわ、と思っていると、たしかに夫の牛車《ぎっしゃ》であるのに、門前を素通りしていくのである。

私の邸は南室町《みなみむろまち》で、夫は私の家の前を通って参内することになる。だから往復、参内の折々に通過するのは仕方ないとして、夜夜中《よるよなか》、物々しく咳払《せきばら》いして通ってゆくのだから、夫の無神経にも呆《あき》れられるのである。廂《ひさし》の間ちかく、私が出ていたりする時など、築地塀《ついじべい》のそばを通る人が声高に話しているのも聞える。

「ここの邸やで、ほら、右大臣の三番目の息子が、通うていやはった、というのは」

「それにしては不景気な様子やな」

「うん、此《こ》の頃はとんとだえたらしい。何でもあちこちに女があるらしいからなあ」

などとのんびり噂しあっていく。ほっといてくれ、と言いたい。そうしてその尽きぬ怨《うら》みはみな、夫もさりながら、見たこともない町の小路の下司《げす》女に向ってゆくのである。

ある日、殊にも騒がしく邸の前を通ってゆく牛車と、供の人々があった。気配、物音、随身たちの命令の声などからして、夫の一行にちがいない。何かと思うと、小君があわただしくやってきて、

「殿のお車でした。何でも例の君の産み月で、お産をなさるのに方角のいい場所へお移りなさるのですって。一つ車に乗られて、たいへんなお世話ぶりのようでしたって」

「………」

私は胸をつかれてものもいえなかった。小君は若いこととてむろんのこと、年のよっ

た侍女も、母たちも集って、悲しみとくやし涙にくれていた。

「ほかに道もありましょうに、何もわざわざ、あてつけがましい、前をお通りなさらなくても……お前がいとしい、可哀相な……」

母は袖《そで》を顔にあてたまま、涙に沈んでいる。私は母や侍女の手前、面目を潰《つぶ》された怒りに加え、夫の傍若無人にも腹が立って気を失いそうであったが、それよりも、夫の新しい愛人が、子供を産むのだという事実に絶望した。そうやって夫と、あの女の仲が強い絆《きずな》で結ばれてゆく、夫の心はただでさえ、頼みがたいのに、またさらに……。

三、四日たったころ、夫の便りがもたらされた。何かと思うと、

「お産のけがれで、そちらへ行けなくて失礼している。幸い安産、他事ながら御放心あれ。尚《なお》、私の衣裳《いしょう》を縫って頂きたいのでことづける。なるべく早く、よろしく頼む。なんといっても、あなたの裁縫の腕は一ばんだからねえ」

私はわななく手に、手紙を握りしめながら、

「……子供はどちらだったの」

「男の子だそうでございます」

と小君は気の毒そうに、私の顔もみないでいう。なんといけ図々しい夫、他事ながらご放心あれ、とは何て言い草。誰が着るものの世話なんかしてやるものか。

「町の小路の女に縫わせたらいいでしょう！　返しておやり、こんなもの！」

と私は反物を投げつけてやった。

2

世の中はよくしたものであると私は思った。

あれほど可愛がって、ひっくり返る騒ぎをして子供を産ませたりした町の小路の女のところへ、夫はふっつり、足を向けなくなったらしいのである。

人をやって探らせると、なんと、女の産んだ子供は夫の子供ではなかったらしいのである。――ある高貴な方の気まぐれなご落胤《らくいん》であったらしい。しかもその男の子も、まもなしに歿《な》くなったらしく、夫はていよく利用されて嗤《わら》いものになったようで、さすがに女への愛情もさめたのか、手を切った気配であった。

いい面の皮である。その話を聞いた私はもう嬉しくて嬉しくて、年来のいぶせき胸の内がからりと晴れたようで、まことに快く、小気味よく、その夜はぐっすり眠れたことだった。夫も案外に間抜けた所のある男だと思った。

しかし、鉄面皮な男だから、もちろん私にその話はせず、しゃあしゃあとした顔で、たまにやってくる。時姫の方に八分、私に二分というくらいの割で通っているらしい。しかも時姫のところには、男子女子うちつづいて生れるのに、私はいまだに道綱ひとりで、そのせいもあって、夫の愛と関心は時姫のほうにより重く傾いているのではないかと思われる。心淋《さび》しいやるせない思いは去らぬ。

いつのまにか、結婚して十年ちかい年月が流れていた。夫も四十は遠くない年頃であるのに、官位は遅々と進まぬようすで、近頃はうつうつとして、役所に出仕もせず、物忌みだ、方角が悪いといっては、本邸に引きこもってばかりいる。

夫のことだから、また、あら手の恋人が出来ているのかもしれないが、それにしても私の家にいる日も多くなったようで、私は夫の昇進よりもその方が嬉しかった。何でも夫は従四位《じゅしい》の下《げ》、太政官《だいじょうかん》（政府）の役人から兵部省《ひょうぶ》（軍関係）の役人になってしまって中央政界を追われた形で、不本意な地位であるらしい。五、六年前、政界の実力者、夫の父の藤原師輔が歿くなったけれど、実頼《さねより》、師氏《もろうじ》、師尹《もろただ》といった伯父《おじ》・叔父《おじ》が政権を握っていて、夫の上にはまだ、伊尹、兼通という兄たちもおり、夫が政界で活躍できるようになれるのは、いつの日のことか分らなかった。

三十代の後半まで足ぶみして、こと志とちがった形で空《むな》しく待機しているというのが夫の現状である。権門、名門の御曹司と生れても、世に時めいて花やぐのは、運、不運次第で、夫も運のない男の一人であるらしい。

でも私は夫が昇進することなど、望んでいない。いや、昇進しても、私一人が夫の妻でなければ面白くない。まず夫が、私よりほかの女を捨ててしまって、そしてどんどん昇進して、私も世間からあがめられる身分になれば、どんなにか嬉《うれ》しいであろうけれど。

この年の秋、母が死んだ。夫が心たのみにならぬときも、つねに母だけは私の支えであった。私は母が加持祈禱《きとう》してもらっている山寺にこもりきりになって、必死に看病したが、ついに母の命ははかなく消えてしまった。

私は足も手もふるえすくんで、我とわが身でないほど、肝たましいも消える気がして、もう涙も出なかった。母は私がゆく末どうなるかとそればかりを案じながら死んだのである。浮気で通う所を多くもっている男、間遠にしか訪れない、愛情があるのやらないのやらわからぬような、ちゃらんぽらんな夫の性格に、母は最後まで不信感をもっていて、私のために悲しんでいてくれたらしい。

そして私も、

（大丈夫、私はあの人を信じています）

といって、母を安心させてやることもできなかった。そう言い切れる自信はなかった。だんだん冷たくなる母の手足を撫《な》でさすりながら、私は、誠実で朴訥《ぼくとつ》な青年を夫にえらびえなかったわが身の不運と思い合せ、よけい悲しくなって、とうとう気を失ってしまったらしい。

気がつくと、小君をはじめ侍女たちが私をとりまいて泣きながら、呼んでいた。十歳になった道綱が、泣きじゃくりつつ、私の袖を握っている。老いた父は、地方廻りに一そうやつれた皺《しわ》だらけの顔をゆがめて、私の唇に湯呑《ゆの》みを押しあて、薬湯を飲ませようとしていた。父も心ぼそさに、涙を泛《うか》べていた。

「お気がつかれましたか。殿がお渡りになりましたが」

と僧が案内して来たのは、京にいるはずの夫であった。知らせを受けて早速来てくれ

たらしい。死の穢《けが》れに触れるのもかまわず、そばへ寄ろうとするので、侍女たちがいそいでとめて、夫は庭に立ったままで、

「大変やったなあ」

と慰めてくれた。さすがに男のことで法要など死後の手くばりもぬかりなく、万事先に立ってしてくれて、その折の心遣いはゆきとどいたものであったらしい。私は何が何やら夢を見ているようで、霧のふかい山寺を、夫に扶《たす》けられて去る時も、邸に帰りついてからも、茫々《ぼうぼう》として記憶にない。

「母上が歿くなられても、道綱という子供もあることや、元気を出しなさい」

夫が慰める声も、何か遠くの方でかすかに聞えるような思いで、返事も出来ない。

「これからは私一人を頼みにして生きたらええのや、何も迷うことはありませんよ、そない泣いたら、よけい母上の菩提《ぼだい》のさわりになるやないか」

とやさしくそめそめと、ささやいてくれる。

私はやっぱり、この人を頼りにして信じ、すがって生きてゆけばよいのであろうか。茫然《ぼうぜん》自失したような老父や、私に代って、かいがいしく指図して法事をとり行ってくれた夫はいかにも頼もしく心強くみえたことであった。男の凛々《りり》しさ、値打ちを思い知らされたことであった。このときほど、私は夫を頼もしくいとしく感じたことはない。ひとしきり泣き寝入りしたあとの目ざめ、私はそっと、夫のほうへ手をのばした。

「あなた……」

手は空《むな》しくそのへんの衣類に触れただけで、かすかな燭火《ともしび》に夫の姿は、影も形もなく、

「どこへいらしたの？」

小君にきくと、言いにくそうに、

「まだ暗い夜明け方、馬に乗ってそっと出ていらっしゃいましたけど」

というではないか。どこの女のところへ忍んでいったのだろう。甘い心をちょっと起した私があさはかであった。やっぱり、いいかげんな浮気男なのである。


この年（応和《おうわ》四年。九六四年）は知るべの人の死ぬものが多かった中に、当代、村上《むらかみ》の帝のお后《きさき》、安子《あんし》皇后がおなくなりになったのは悲しいことであった。

安子皇后は藤原師輔のおん娘でいらして、夫の兼家の姉にあたられる方である。村上天皇とのおん仲もまことにむつまじく、下々をよくおいつくしみになって、優しくて寛大なお人柄は世間でも評判の、すぐれた女性でいらした。皇子皇女もたくさんお産みになり、父の師輔が、他の兄弟を圧して、中央政界の実力者となり得たのは、ひとえに安子皇后のせいなのである。安子皇后のお産みになった第一皇子が皇太子に立っていらっしゃる、そのせいで、実家の一族が羽振りをきかしているのである。だから、皇后は、まさに夫の一家に光明をもたらした救い主のような存在であられたわけだ。

もっとも、皇后はおなくなりになっても、第一皇子は皇太子にお立ちの上、第二、第三の皇子もいらっしゃるから、夫の一家の政治的地位は当分、安泰であろう。

その年の一、二年あとだったか、ある野分《のわき》のころに、夫が私の邸へ来ていて、ふと具合わるくなったことがあった。

そのころも、八日にいっぺん、十日にいっぺんというような通いかたであったから、偶然私の邸に来ているときに、発病するというのはよほど何かの因縁でもあったのかと思わずにはいられない。苦しげにして、胸が痛む、腹が痛む、と脂汗を流している。熱もたかくなって弱った声で、目の光も失せ、

「どうしよう、……わしは死ぬかもしれん」

といって私を動転させた。

「何をおっしゃるのです。いま、験《げん》のあるお坊さまに加持していただいて、ありがたいおふだを貰《もら》いました。もうすぐよくおなりですわ、大丈夫です」

私は必死に夫の耳に口をよせて叫んだ。

「いやいや、もしかして、これきり、もうあえぬことになるかもしれへん」

というのは、病気の夫を、時姫の邸に移そうという話になったからである。私の邸は手狭なうえに、またも地方へ赴任して父は留守、しかるべき人も呼びにくいところから、加持祈禱など、加療にも不便だということになったのである。

「あちらへいっても、悲しいと思うなよ。わしはいつも、ここのことばかり考えてる」

などというので、私は泣き出してしまった。

できることなら、私の邸で看取りをして、そんなことはないだろうけど、もしものこ

とがあっても私の手で死水をとってやることができたら……。私が泣き伏していると、

「そう泣くのやない。こんな短い夫婦の縁とは思わなんだ。わしが死んだら、再婚するやろうが、どうか忌中のうちだけでも、待ってんか、そやないと化けて出るで」

と、こんな時でも弱い声で冗談をいう。

そうして小君や、誰かれの顔を眺め、

「この人の身の立つようにと思うて、生きてるかぎりは、と思うてたが、思いがけず、自分が先に死ぬ身になった。死んだら、誰が、この人の世話をするのかと思うと、死ぬにも死ねん……」

と、とぎれがちにいい、私の手をにぎって、

「ほんまはなあ、どこの女より、わしは、あんたが一ばん好きやねんで」

というのであった。

その言葉こそ、私が夫から聞きたい一言なのであった。私を愛している、というだけでは不足なのであった。

どの女よりも一番、というのが上につかなければいけないのであった。

その一言を聞いたいま、夫は死ぬべき運命なのではないかしら、と私は不吉な予感で、胸がしめつけられて泣いた。その聞きたい言葉が、夫のいまわの時だったとは何という皮肉であろう。なぜ夫は、いや男というものは、聞いても役に立たない時になっていうのであろう。

ほんとうにそう思うてくれているのなら、元気のよいとき、生ある時にこそ、念を押し何度も何度も聞かせてくれればよいものを。いたずらに出し惜しみして、無用な苦しみを与えているとしか思われない。女の心理を知らないおろか者というほかない。

もし夫がその一言を口に出してくれていたら、私は今までどんなに夫に快く仕えることができたであろう。迷いも嫉妬《しっと》もなく、どんなに心を安らかにできたであろう。私がそう怨《うら》むと夫は、

「あほ。もういまわの際やさかい、告白するのやないか。ふだんに言うてたら値打ちないわい。これが男の純情じゃ」

といった。男の純情か誠実か知らぬが、役に立たなくなってもち出されても、宝のもち腐れである。

「時が移ります。お早く」

と夫のお気に入りの従者で、是時《これとき》という青年が夫を抱きおこした。

「もう、お目にかかれないのかしら……いえ、そんなことはありませんわね」

私は夫の体にすがりつき、夫は扶《たす》けられて車に乗ると、世にも切ない顔で私を見返している。

「縁起でもない、何を言われますか、ちょっとご養生遊ばしたら、すぐ癒られますよ、大丈夫です。やがてここへもお渡りになるでしょう」

と是時は気強く言い捨て、さっと連れていってしまった。

夫の病気は重いらしい。気持が抑えかねるまま、私はいまはもう、時姫もはばかっていられず、手紙を出した。二度、三度。返事は夫の直筆ではなく、年配の女の手で、侍女が代筆しているらしい。

それでも十余日、いらいらと待つうちに、やっと夫の手紙がもたらされた。

「心配したろう。もうだいぶんよくなった。徳の高い僧の護符《おまもり》を飲んでから、胸のいたみも消えたように思われる——気分もいいし、一度、夜にでも見舞いに来てくれぬか」

という文面であった。時姫はどう思うかとためらっていたが、あまり屢々《しばしば》いってくるので、「では車をおよこし下さい」と使者にいってやると、翌日の夜、早速、迎えの車が来た。風の烈しい夜であった。

牛車《ぎっしゃ》は忍びやかに邸に着いた。わざと灯を消してあり、廊下にあがると、真の闇である。手さぐりしていると、

「ここにいるのが見えへんか」

と、なつかしい夫の声がして、私の手をとってくれた。心なしか、指も細くなったように思われる。

奥へはいって几帳《きちょう》をひきまわしてから、かすかな灯をつけ、私は夫に向きあった。少々やつれてはいるが、思いのほか、元気になっているようで、ほっと安心もしたし、

嬉《うれ》しかった。夫は私に病気のことや、留守中の家のことなどこまごま語り、

「粥《かゆ》やら塩やらばかりで命をつないで来て、やっと魚でも食べようかと元気が出て来たところや。せっかくやからあんたと二人、食べようと待っとったんや」

と、いそいそしていう。その心づかいも嬉しく、私は夫の世話をして、運ばれる食事に箸《はし》をつけはじめていたら、咳払《せきばら》いの声がして、

「加持の禅師がみえられました」

と、是時が、御簾《みす》のそばにひざまずいていった。

「いや、気分がええから今夜はよろしい。久しぶりに下ってやすめといえ」

「は」

と是時は静かに去り、侍女たちも遠くへ遠慮してさがって、私たちは二人だけで食べたり飲んだり、ひそひそと語り合ったりした。

この邸のどのへんに時姫はいるのか、しんとして、物音もせぬ。忍んで来ているという心のつつしみのせいか、夫が腕を伸ばして私を抱きよせると、私の堰《せき》とめられた情感はあふれこぼれ、光りながら私を包んで惑乱させてしまう。夜っぴて風音はつづいていた。

まだ暗い夜明け、私が帰り支度をしていると、まだ早い、と夫は引きとめた。明るくなっては北の対《たい》にいる人（時姫）たちに見咎《みとが》められるかもしれない。そう思いつつも、何となく腰をおちつけてしまう。

くまなく明るく――といっても、空が曇っているため、灰色の、しっとりと湿った朝になった。

夫は是時を呼んで蔀《しとみ》をあげさせ、

「ひどい野分やった。……見てみ、あんなに草木が乱れてる」

と私を呼んだ。私はわずかに膝《ひざ》をすすめて野分の朝の庭をみた。露じめりして重たげな、咲きおくれの撫子《なでしこ》の花、倒れた竹の垣根、あわれ深いおもむきである。

「朝の粥でも食べていきなさい」

「でも……」

「それとも一緒に、このまま帰ろうか、そちらの邸へ」

「えっ」

「また、ここへ来るのはしんどいやろ」

「でもあちらの方がどう思われるでしょう」

と私は言わずにはいられなかった。勿論《もちろん》、夫をつれ帰りたいのは山々であるが、私がそういうはしたない、衝動的な女だと思われては片腹いたい。女の面子《メンツ》というものもある。筋道を通した人間としての、誇りをもって、あの女に対していなくては、軽蔑《けいべつ》されてしまう。そしてこのまま夫を連れ帰ったりしては、えげつないやりかたと非難され軽蔑されても仕方がないのだ。

「何か迎えに来たようで、それはご遠慮しましょう」

「そうか、では車を」

　夫は大儀そうに縁まで歩いて来た。私はほんとうに、夫との愛をたしかめたような気がして、夫をおいてよその家へかえるわが身がよけい淋しくあわれに思われ、涙ぐまれた。

「いつ、お越しになれますか？」

「この分では明日か明後日ぐらいやろ」

夫はなつかしそうに私を見守り、車が去るまで見送ってくれたようだった。

昼にこまやかな便りを携えた使者が来、やがて二、三日して、たしかに夫のものである牛車の音が門前に聞えた。すわ、と心をおどらせて私は支度をした。下人たちが門をあけて、前に並んでひざまずくようす。

「殿のお渡りでございます」

と叫ぶ内に牛車《ぎっしゃ》の音はますます高まり、やがて、あれよあれよという内に止まる気配もなく、わが家の門前をやりすごしてしまった。

夫はまたもや、恢復《かいふく》するが早いか、あら手の恋人をこしらえていたのである。

3

とかくして年月のすぎゆくうちに、離れるともつくともわからぬような夫婦の仲ながら、あとから思えば、まだその頃までは、形だけでも夫婦らしく心の交流はあったといえよう。ことに、夫の病の時のような、憎からぬ様を見せたりする折々に引かされて、いつかはと思いながら連れ添って来た私であったが、やがて、しだいに夫の心が前よりもとらえにくくなって来た。

それは夫が、好運に乗じて、ぐんぐんと政治的に昇進し出してからである。

そのきっかけは、新東宮の擁立事件、また西宮《にしのみや》の左大臣の事件からであろう。

康保《こうほう》四年（九六七年）五月、世は諒闇《りょうあん》となった。村上帝が崩御されたのである。

村上帝は「天暦《てんりゃく》（年号）の賢帝」としてほまれ高く、御治世二十数年のあいだ、世は栄え民は安らぎ、のちのちまでも泰平の御代のかがみと仰がれたほど、平和で盛んな時代をもたらされたかたであった。

その帝がおかくれになったのだ。世をあげて親を失ったような悲しみと共に、これからのちどうなるかという、暗い不吉な気分がただようのはどうしようもなかった。

というのはただちに即位された次の冷泉《れいぜい》天皇は、天下にかくれもない物狂いの君であられたからである。

この十八歳の新帝は、どんな物化《もののけ》に魅入られたのか、英明な父みかどに似気ない風狂の性で、厳粛な儀式の最中、大声で歌ったり、梁《はり》をつたい歩いたり、側近を悩ませる奇怪な振舞いが多く、この分では、遠からぬ内にまたもや代がわりかと人々の心は暗かった。早急に東宮を立てねばならぬ。この新帝の皇子誕生を待ってはいられない。そこへ浮び上ったのが、すぐの弟ぎみ、為平《ためひら》親王である。当然、この親王が皇太弟になるところである。親王はおん年十六、兄帝とちがってお人柄も申し分なく、帝王の器であられるが、一つ問題があった。

それは親王の、うら若いお妃が、源高明公《みなもとのたかあきらこう》のおん娘であられたことである。

源高明公は醍醐《だいご》帝のおん子で臣籍降下された尊いお生れではあり、かつ聡明《そうめい》俊敏、お年ごろは五十代なかば、世の人望あつく、あっぱれ世の固めとなるべき重厚なお人柄の殿であられた。この殿が為平親王の舅《しゅうと》として控えていられれば、もし親王が皇太子から天皇へ登極され、皇子がご誕生になった場合、公は外祖父として摂政関白の地位を占められるかもしれない。藤原一族にとっては大いなる脅威である。藤原家が一致団結して、高明公失脚、ひいては為平親王の廃退をもくろんだのも理由のあることであろう。

尤《もっと》も、私はこういううら話をあとから知ったのであって、ことは突然おこり、私も世の人々もろとも、心もつぶれ魂もまどう気がしたのであった。

それは東宮に、為平親王をさしおいて、まだやっと十歳になるやならずの少年皇子、守平《もりひら》親王がきまったこと、それに追い打ちをかけるように、安和《あんな》二年（九六九年）三月、左大臣・源高明公が謀叛《むほん》の罪に問われて九州へ流されるという、奇怪な事件である。

世はあげて大騒動であった。

終日、私の家の前もあわただしく人が走り廻《まわ》り、車の音、数騎が入り乱れて駆けてゆく馬のひづめの音が高かった。

それ検非違使《けびいし》が西の宮（四条北大宮の東にある）の高明公の邸をとりかこんだ、やれ謀叛人の一味の武士が捕えられて引き立てられてゆく、いや、公の御子たちがそれぞれの流謫地《るたくち》へ落されてゆくのだと、風のように口から口へ伝えられた。

左大臣一家の悲しい運命には、見るもの聞くもの、涙を流さぬものはなかった。一家は離散し、その上、西の宮のお邸さえも怪火によって焼亡してしまったのである。思えばその昔、菅原道真《すがわらみちざね》公が、やはり藤原氏一族のためにはかられて九州へ無実の罪で流されたのと同じ運命である。

高明公の北の方は夫の兼家の妹にあたる人で、それゆえ、私も折々は消息文など通わせ歌のやりとりもあったが、この急転直下の悲運をどのように嘆いていられるであろうかと思うと、私もひとごとと思えなかった。

それにしてもこの奇怪な事件の裏には、夫の兼家も一枚加わっているに相違なく、また世の風評でも、夫の叔父《おじ》・師尹、夫の兄弟・伊尹・兼通らが黒幕らしいということであった。夫も夫の兄弟も今は四十代半ば、政界の中堅である。

「西の宮の左大臣は、あなたの義理の兄弟にあたられるわけでしょう。縁につながる人々をおとし入れてまでも、世の中を思うままになさるとは、殿方というものは恐ろしいことを考えられるものですね」

私は夫を責めているのではない。そうではないが、男の世界のあれこれを夫にとき明かし、教えてもらいたい、夫の話相手として遇してもらいたい希求からそういったのだった。

しかし夫はとりあわずに、子供の道綱と双六《すごろく》をしていて、

「みんな関白や帝がおきめになること、何の我々ふぜいが口を出せるものか……。しかし一つだけいうておくが、まかりまちがえば、西の宮の殿の運命は明日にも、我々の運命になる。やらねばやられる、というのがこの世界ですよ。義理の、縁の、へちまの、とのんきなことを言うてる世界とちがうのや。ああ、怖々《こわこわ》」

「でも……」

「おいおい、たまにあうのに、堅い話はもうええがな。可愛げのない奴や」

などとそらされてしまう。そうして忙しくそわそわと、来たと思えば帰るのも前の通りであった。この頃はまして、蔵人《くろうど》の頭《とう》から中将と、夫はどんどん栄進してゆく。諒闇から安和の変と、世は不祥事件がつづくのに引きかえ、夫や夫の一族は華やいで祝いごとが打ちつづいた。

私の家までも、栄進の喜びをいってくる人があり、さすがに私も権門の妻の地位に晴れがましい気がして、胸の明るい思いをする折々もあったが、身辺のあわただしくなるにつれて夫の訪れはいよいよ間遠になるのだった。

夫のもう一人の妻、時姫のほうにはもう三人の息子に二人の娘まで恵まれていた。この末息子、夫が病気をした年に生れた男の子が、のちに兄たちを圧して栄えた道長《みちなが》で

ある。

次々に子が生れ、妻の地位も安定したと時姫は思っているのだろう、物詣《ものもう》でだ、寺ごもりだというときはたいへんな騒動をして大仰な供ぞろえで練り歩くということだ。彼女の得意そうな様子が目にみえるようである。私が何ごとも控え目に、人目に立たぬようにと身を扱っているので、少しはあちらのお邸に負けぬように派手に世間に顔出しなさいませとすすめる侍女たちもあった。

私がおとなしいものだから、夫はいい気になっているのであろうか、「少しまた体の具合が悪い」といってしばらく来ない時があった。見舞いの手紙などやるうちに、もう快《よ》くなったとのことづけであるが、待てど暮せど、久しく来ない。夜は車の音という音に耳をすましてまんじりともせず、明けることもある。もう十五になった道綱は、夫の本邸へ一人で出かけるようになっていたが、

「父上は元気でいられますよ」

とのことで、やっぱり噂通り、新しい愛人が出来たのだと思わぬわけにはいかない。なんでもこのたびはさる皇族の出の姫君だとか、宮中の用で多忙だ多忙だといいながら、夫はぬかりなく、まだ恋漁《あさ》りしているのである。

ひと月、ふた月、日はたってゆき、私は侍女たちの手前も恥かしく、捨てられた妻のようで、これが結婚して十五年もたった夫婦の姿とも思えない。心も身も離れ離れ、夫が何を考えているのやら、涙も涸《か》れて出ない思いの折に、ふと夫の手紙がもたらされた

りする。あきらめた頃に便りするのが憎らしい。

「手紙を出しても返事も来ぬだろうと思って、ごぶさたしていた。何しろ、しきいが高いので。今日にもいくつもりだが」

などと書いてある。返事もすまいと思ったが、人々がすすめるので、何とか書いて出すと、その使いがまだゆきつかぬ内に、ふいに夫が訪れて来た。

「いやもう、物忌みや何やと、外へ出られへんので、ここへもよう来んかった」

などといって、いつもの席へずかずかと坐《すわ》る。物忌みが一ト月も二タ月もつづくであろうか。

「もう来るまいと思っていらしたのではありませんか」

「そんなことはない、わしはいつも思い出してるがな」

「もう来られなくともよい覚悟はしておりました。わたくしはこういう、拙い生れ合せの身なのです。こんな情けない、はずかしい、辛《つら》い目にあうくらいなら、ひと思いに死ぬか、出家したいと思っております。でも、ただ、道綱一人のことが心配でおぼつかなくて、それだけで、この世のことが思いきれないのでございます」

「…………」

みると夫は寝入ったさまでいて、いびきさえかいている。

「わたくしのことはもうあきらめていますわ。どうせあなたはわたくしには愛情なんかないのです。みんな、わたくしの廻《めぐ》りあわせが悪いので誰を責めることもないのですが、もしわたくしが死んだり、尼になったりしたあと、一人残った道綱がどうするだろうと思うと……この所、わたくし、体のぐあいが悪くて、あなたは一向にお寄りにならないし、何だか不安になったものですから遺書を書きました。道綱のお世話を頼みます、くれぐれもよろしく、とだけ書いてあります。あなたは、あちらのお邸のお子たちには親切ですが、うちの道綱にはいいかげんですからね。いいえ、わかっています」

「………」

「このあいだも、わたくしが思わず、尼になろうかしらと言いましたらあの子が子供心にも辛く思ったのでしょう、しゃくりあげながら、〈母上が尼になられるのなら、私も法師になって出家いたします、何しに世の中へ出て人交りなどしましょう〉と泣くのでございますよ。可哀相で、〈冗談ですよ、あなたのように熱心に鷹《たか》なんか飼ってる人が出家できるものですか、法師は執着をもってはいけないのよ〉と言いましたら、道綱はまあ、どうでしょう、黙って立っていって、日頃あんなに可愛がっていた鷹を、空へ放してしまいました。そばにいた者は、みな泣いてしまいましてね……わたくしの心を知っているのはあの子だけでございます」

夫はとみると、ほんとうに寝入ってしまっているらしく、ゆすぶってみても起きない。

男というものには精神というものがないのだろうか、それとも夫の心には公の仕事、官位が上ることとか、権力を手に握ってあまたの人を意のままに動かすこととか、そんなことしかないのだろうか。人間らしい悲しみもよろこびも受けつけなくなっているのだろうか。

人の話では、近来、宮中における夫の勢威はたいへんなもので、さきの安和の変以来、まもなしに主謀者といわれた叔父の左大臣師尹殿が亡くなり、また摂政の実頼殿も亡くなられてからは、長兄の伊尹が一の人で、夫はその次の実力者だそうである。次兄の兼通さえももうとっくに追い越しており、夫と兼通の不仲は誰知らぬ者もない。夫が参内すると、人々は恐れて逃げかくれするほど、怖い存在であるらしい。

そういう男というものは、女心の悲しみの深いひだなど、とうてい知り得ないのではなかろうか。怨《うら》みもつらみも、むなしく手ごたえなくそれてしまう。

結局、男なんて、あさはかな、底の知れた生きものなのだ。どうみても、女より程度の劣る、精神次元の低いいきものと思わなければならない。単純にして粗野、愚鈍にして間抜け、そうでも思わなければ、つき合ってはいられない。

私は夜中、夫が手をのばしてくるたびに寝返り打っては知らない顔をしていた。

「よしよし、そんな気ならつれないふりをしていなさい」

と夫はまた、いびきをかいて寝てしまう。

朝おきても、私が沈黙しているだけなので、夫は私を笑わそうとして、侍女たちに私のまねをしてみせ、くすくす笑ったりする。

「わたくしはもうあきらめていますわ。これもみんな、わたくしの廻り合せが悪いのです。いいえ、わたくしは尼になりますわ、お止めにならないで……」

などと女の声色《こわいろ》をつかって、私の口まねをするが、侍女たちは私に気がねして笑うに笑えず、苦しそうにしている。私は笑う気もむろん起らず、端正に顔色をかえず、口も利かずにいたので夫は私の顔色を見ながら、

「やれ、こわい尼御前や。お叱りを受けそうで長居は無用。また来るわ」

と出ていってしまった。ほんとに山へはいって尼にでもなってしまいたい。


世人の予感通り、早くも冷泉帝はみ位をおん弟の守平親王におゆずりなされて、少年の親王は円融《えんゆう》天皇として即位され、東宮には冷泉帝の息子がまだむつきのうちにお立ちになった。この皇子のおん母は、夫の兄伊尹の姫で、帝も東宮も御幼少であるから、伊尹殿が摂政となられ、今は飛ぶ鳥おとす勢いである。

円融帝の登極・改元を祝って臨時の節会《せちえ》がおこなわれ、その賭弓《のりゆみ》に十六歳になった道綱も選ばれて出ることになった。これは双方に分れて競射するのであるが、勝った方が舞を舞うことになっている。弓や舞の練習で、しばらくは何ごとも忘れるほどだった。さすがに夫も、舞装束の調進や、弓の練習やと気を入れて、当日、つききりで息子の世話をしてくれた。

気をもみながら待つうちに夜になり、夫も息子も帰って来た。ふたりともにこにこしていた。

息子は弓くらべにも勝ち、美事《みごと》に舞を舞って見る人を感動させ、主上の御感に入り、

紅染の衣を褒美に賜わったそうである。

「わしも面目をほどこした、一門のほまれやと思う。あれほど美事な舞は、昔にも見たことがなかったと、みんな口々にほめていた」

夫はうれしげにくり返しくり返し私に語り、息子は白い頰を紅潮させて夫の傍にかしこまっていた。たちまち親類縁者が車をつらねてお祝いにかけつけ、弓の師にも舞の師にも引出物が出され、宴《うたげ》は朝までつづいた。

「道綱もそろそろ元服させ、爵位の奏請もせねばいかん、あれこれと、これからは忙しくなるな。烏帽子親《えぼしおや》は源大納言《だいなごん》にお願いするか」

と夫は私にこまごまと語り、私もこれでこそ親子夫婦だとみち足りた思いであるが、その一方、夫はこれが縁《えにし》の最後だと思ってよくしてくれるのではないかという疑心暗鬼に苦しめられて、甘える心もおきなかった。考えてみれば、もう何年も、おちついてしみじみと夫婦らしい語らいをしたこともないので、たまにそういう機会があると、うれしいよりも夫の下心を疑わずにおれないのも無理はないだろう。

そうして、こんな風に私をさせてしまった夫を憎む気持がつのり、夫がよくしてくれても、それは当り前だという心になってゆくのであった。

「明日は道綱の装束を着かえさせなさい。ちと、あちこちへ挨拶《あいさつ》まいりに連れ歩こう。あれは、あんたが可愛がりすぎるせいか、どうもおっとりしすぎて気が利かんようや」

と何気なく夫のいうのにさえ、胸につもる言葉がふきこぼれそうであった。

「わたくしが可愛がりすぎるとおっしゃいますが、あの子を頼りにしなければ、何を頼りに、何をたのしみに生きて来られるというのです。生き甲斐《がい》もないこんな暮しの中、あの子だけがわたくしの希望ですもの。あんまり不幸すぎるわたくしの人生で、まだあの子を可愛がってはいけないとおっしゃるのですか？」

といううちに、私は涙がこぼれてしまった。

「ああ、陰気くさい、何という愚痴っぽいおなごや、泣くか、けんかするしか能がないのか、たまに来たのに」

「たまに来られるから、こうも言いたくなるのです」

「それ、すぐ口答えする」

「口答えさせるようなことをなさるからですよ」

「わしは何も心変りした覚えはない。そっちで何かというと怒るから来る足もつい、にぶるのや。それに何もめでたい今日という日にまで、怒ったり泣いたりせんでもええやろう」

「——もう、尼になりたい」

と私は泣いた。嫉妬《しっと》や愛執に疲れはてて、私は生きるのも辛く思えてきた。

「なあに、お前さんなどは、あまがえるぐらいの所や」

とまた夫は冗談にしようとしていう。ほんとにちゃらんぽらんな男。この男には、人間の真のくるしみや、深い絶望や女の嫉妬の辛さなんかわかるような高尚な心はやっぱりないんだわ。

「尼になれますよ、わたくしだって。なってみせますよ!」と私は叫んだ。

「お止めになってもだめですよ、ええ、なりますとも!」

4

梅雨の頃で、肌寒いある日、私は手紙を夫に書き、息子の道綱にもたせてやった。

〈門前をすぎてゆかれる車の音の、聞えぬところへ参りとうございます。姿をかえて世をあきらめたら、くやしい思いや辛《つら》い思いをすることもなくなるでしょう〉

道綱は素直に何も言わないで手紙を持っていき、また折返して夫の手紙をことづけた。

「何かお聞きになったの?」

「いいえ。何しろ、父上のお邸はいつも人が多くて御前にも人がうろうろしていてさわがしく、あわただしいものですから、うちとけてお話もできないのです。いそいでこれをお書きになって、すぐ行くとおっしゃっただけで……」

手紙にはいかにも走り書きで、〈あなたは何をまた拗《す》ねているのだ。今頃どこへ行こうというのか、いろいろ話もあるからともかく待っているように。夕刻までにはいく〉とあった。

それで私は、行き逢《あ》わぬうちにと急いで出立することにした。西山にある、かつて、私の母がみまかったゆかりの山寺である。あのときの夫はやさしく頼もしかったものであるが、所詮《しよせん》は言う甲斐ない、あてにならぬ男であったのだ。よこしてくる便りはそめそめと真実《まこと》らしく、ついそれに心引かされ、また面とむかえば巧みにそらして、よしない冗談ごとをいうのでまぎらされてしまうが、本心はどこにあるのやら、一ト月に一度も訪れぬことで知れるではないか。

これ以上の侮辱にはもう堪えられない。出家して世を棄てたら、こんな思いをすることもないのだと、私は西山の寺で参籠《さんろう》の準備をあれこれととのえつつ、私の出家を聞いたら夫はどんな顔をするかしらと想像した。あの夫の重病の時のように〈ほんとはお前だけを愛しているのだ、思い止《とど》まってくれ〉と告白して必死に止めにくるであろうか。いや、こんどこそ、その甘言にのせられるまい。断固とした私の決心を思い知らせ、夫を苦しめてやろう。

追いかけて夫の伝言が来た。ともかく、京へ帰れというのである。使者の是時青年は困《こう》じはてていた。

「お連れ申さぬと私の落度にする、といわれました」

と、堂の下の地面に坐《すわ》ったまま、手をついて、彼は幾度も頭を下げて泣くように頼んだ。

「北の方さま、ともあれ、お車をお戻し下さるわけにいきませんか。殿は宮中へ出仕も遊ばされず、お帰りをお待ちであります。ゆえ」

小君は、御簾《みす》のうちの私にそばから口を添えて、

「殿の御愛情の深いのはこれでもわかりますわ、お戻りになったら、お喜びになりますよ。是時の顔も立ちますし」

という。私はこの少女が、是時に——色の浅黒い態度のハキハキした青年に好意を寄せているらしいことはわかっていたので、何だかよけい業腹で、是時の顔を立てるためになぜ私が戻らねばならぬかといってやりたかった。

そうこうするうち、日が暮れて、雨もよいながらあたりはとっぷりと闇がたちこめたころ、下の参道の木がくれに、松明《たいまつ》のあかりがちらちらしていると思ったら、道綱が走りこんで来て、

「父上でございます、父上がご自身、迎えに見えられました、さ早く、ご用意を」

と昂奮《こうふん》して私に言った。私は読経《どきょう》をやめて、たしなめるように見返った。

「どなたであろうと、わたくしの決心は変りませんよ。むだでございますから、お帰り下さいと申上げなさい」

道綱は何か言いたそうにしたが、私の毅然《きぜん》とした態度に気押されて仕方なく出ていった。

しかしまたすぐ戻って来、これは是時よりも困惑しきっていた。

「父上は何をいうと頭から本気になさいませぬ。その上、お前のとりなし方がわるいのだ、十六、七にもなって母親にへいこらしてばかりいる奴があるか、あの分らずやを引

っぱって連れ戻してこい、と大そうなお怒りです」

「わからずやはどっちの方だとお思いなのか。わたくしの決心はもうそんな、人の意見で動揺するようなあやふやなものではないのです。浄域で身も心も清められた思い、この真如《しんにょ》の月のような悟りの境地は、到底おわかりになりますまい、と申上げなさい」

「母上、でも……」

私は数珠《じゅず》を揉《も》んで読経をつづけ、もう取り合わなかった。

それから数回、道綱は私と夫の間を往復し、へとへとに疲れ、夫もしびれを切らしたらしく、やがて松明が入り乱れ、帰ってゆく牛車《ぎっしゃ》の音が夜の闇にひびいた。


次々と見舞いやら連れ戻しの使者が来、中でも是時は殆《ほとん》ど毎日、夫の使いで来ては帰宅を促す。また、夫の異母弟になる遠度《とおのり》という青年も来、時姫の長子である道隆《みちたか》までもが迎えにきた。道隆は中々の美青年である。

「御苦労もお察し致しますが、ひとまずここは私の顔をたてて……」

などと世なれたふうに道隆は気取っていうが、この子は私に出来た道綱より二歳年長のはずだから十九歳だが、いっぱし大人ぶって社会人らしい口を利くところ、物慣れた態度、とても道綱など太刀うちできぬと思った。夫が道綱を子供っぽく気が利かぬというのも、さこそと思われた。しかし、私はこんな道隆みたいに如才ない若者はあまり好かぬ。若い頃の夫に似ているようでもあり、複雑な気持で、私はこの青年を生んだ時姫のほうを、もっと好かないと思った。いや憎んだ、というべきかもしれぬ。それにしても、出家しようとて籠《こも》った山寺でまでも、夫の他の女たちを憎むとは、何という毒々しい浅ましい心であろう。ついに私も煩悩にまみれた凡婦にすぎないのか。さすがの私も、われとわが身の至らなさが悲しかった。

　それにくらべると、遠度はずっと真率な感じの男だった。年は二十七、八か、ひややかすような所も自分の弁口を誇るような所もなく、私がこうしていては若い道綱のためにもならぬこと、道綱が両親のあいだに立って苦慮してやつれているいじらしさ、また夫の兼家とて決して私を疎略に思っているのでないこと、それは平生、たえず噂をし自慢もしている所をみると、どれほどいとしく思っているかはかり知れぬこと、……そんなことを、ぽつぽつとしゃべるのであった。その話には人柄の暖かみがうかがわれ、また私の人格に充分、敬意を払っておることもうかがわれた。その上、彼は私の歌をいくつか知っていて口ずさんでみせ、ここはすばらしくよいとか、このしらべはたまりません、などとも話して中々物分りのよい所をみせた。

　私が、山を下りて俗世へ戻る心に折れたのは、そののち、都へ帰った父がすすめたせいもあるが、一半は遠度の説得にもあるといえる。私がその気配をみせると、夫はすぐさまやって来て、ほとんど力ずくで、あっという間に山寺を引き払い、私を車に乗せ、茫然《ぼうぜん》としている私を抱きかかえるように邸へ拉《らっ》して帰ったのであった。もう戻るまいと決意して出た浮世の門、夢の世のしとねに、再び私は横たわって、辛い運命を思ってい

ると、そばにいる夫は、小君たちを集めて冗談ばかりいっている。留守番の侍女が何気なく私に、

「撫子《なでしこ》の種子《たね》は今年は取れませんでした。それから呉竹《くれたけ》が一本倒れましたので、支えをして手入れしてございます」

とるす中の報告をする。夫は耳ざとくききつけて、小君たちに、

「ほら聞いたか、この世をすてて尼になろうという人が、撫子がどうの、呉竹を手入れしたの、とさわいでるぞ」

というので、さすがに小君たちは若い女のことでどッと笑い出してしまい、私まで釣られて吹き出しそうであったががまんして笑わなかった。

なぜ夫がものをいうとすべて陽気に騒々しく卑俗に下劣になるのであろう。真如の悟り、菩提《ぼだい》を求める苦悩、宗教的法悦、そういう精神次元の高いことは、一切夫と相容《い》れないのだ。夫にくらべれば、あの遠度の方がどれほど話が合うか、知れはしない。

大さわぎで連れ戻したくせに、少しするとまた夫は来ない夜が多くなった。私も待ち受けているとみられては沽券《こけん》にかかわるので、夫が〈物忌みがあけたので、行く〉と手紙でいってくると、〈こちらが物忌みでこもっていますから〉とことわらせた。すると、夫はしばらくの間、便りもとだえる。

かと思うと、雨風の夜、夫はふいにやってきて、

「こういう晩はふつうの晩の三倍くらい値打ちがある。こっちの志のほども分るという

ものやろ」

というのが憎らしい。計算しているのだ。

実をいうと、雨風に来たのは夫だけではない。遠度も来て、歌の話、文学の話をして帰ったばかりのところである。その折、遠度は私におだやかならぬ文を置いてかえった。その手紙はいま、私の敷いたしとねの下にある。世間なみな夫婦なら隠すところだろうが、私はわざと夫の目にふれるようにさりげなく落しておいた。私にだって言い寄る男はいるのだ。世間へ出れば、美しいともすぐれた歌よみとも、〈かなわぬ恋とわが心を叱っても押えきれぬ〉というようなうれしい言葉をも、言ってくれる男がいるのだ。私の値打ちもしらず、私を愛しもしない夫は、夫といえる資格もないのだ。

夫が、問題の手紙をみつけたのは翌朝であった。まだ雨が降っており、夫も参内はやめたといってごろごろしていた時である。

「何や、これは」

と夫は拾いあげて読み、けたけた笑い出した。

「ほう、これはうかつやった、ふうん、あいつがそんなに惚《ほ》れこんでいるとは知らなんだ、よし、すぐ二人をまとめてやろう」

「何でございますって」

と私はあっけにとられた。

「惚れたもんは一しょにしてやるのが功徳やないか、あいつはええ男やからな。女を幸せにする男や」

「そんな、そんなこと、あなた……」

「よし、是時をよべ」

「どうなさいます？」

「わしが許したというてやる。お前も小君を呼びなさい」

「小君が何を致しました？」

「何をするものか、小君も呼んで祝福してやりなさい。いや、この手紙では小君の方が先に言い寄ったのかも知れん」

　そこであわてて私がのぞいた手紙は、かの遠度のそれではなく、是時のらしく、末尾に「是」と一字、署名してあるのだった。つまり是時から小君にあてた恋文が落ちていて、夫は偶然それを拾ったのである。私のほうのはまだしとねの上にあり、あわてて私は袂《たもと》へ隠してしまった。

　しかし私は夫のいうように小君を許す心にはなれなかった。私は何度も少女に言いきかせた。

「お前は弄《もてあそ》ばれているのよ」

「でも、あの人にかぎってそんな……」

　小君はいぶかしそうに私を見、

「わたくしには信じられる男のようにみえます。あの人に限って」

「それ、それがいけないのよ、あの人に限って、という女のやさしい甘えが」

私は若い心を燃やした乙女の頃を思い出した。私も、夫を信じ、あの人に限ってと思い心を許し一生を托《たく》した結果が、この世の地獄である。

「お前など弄ぶのは赤ん坊の手をねじるよりたやすいわ。お前、まさかもう、あの是時のいうことを聞いたのではあるまいね」

小君はまっかになってうなだれた。私は身近の者にまで裏切られていた自分の愚かさにかっとなった。

「ほんと！　ほんとにそうなの？　もう許したの？　おばかさんね、お前は……ほんとうにばかですよ！」

小君は私の烈しい叱責《しっせき》に、おろおろして泣き出してしまった。それが私の怒りをなお煽《あお》った。

「女の誇りというものはないのかえ、お前には。男につけあがらせてはいけないのよ。女から愛しているなどという事を言ったり、そぶりで知らせたりしてはだめ、女は男に負けてはいけないのです」

「……はい」

小君はしゃくりあげながら返事していた。

「男と女の仲はたたかいです。弱みをみせた方が負けなのよ。しばらく是時のことは忘れたふうを見せて試してごらん。こちらはそれほど好きではない、という風にしておやり」

「……ハイ」

と小君はうなずいていたが、その夜、邸に姿は見えなかった。

小君はもうひと月ほど、夜になると出かけていたらしいのだ。是時がこっそり馬で迎えに来、若い二人は是時の家で夜を過して、朝になると、邸へ戻って来ていたらしいのだ。知らぬのは邸中で、私ひとりなのであった。

是時が若々しい、はればれした顔で、しかもこれ以上、嬉《うれ》しい表情はできぬといった風ににこにこしつつ、私のもとにやって来たのはそれから更にひと月のあとであった。

「小君を私に賜わりとうございます。すでに殿のお許しは頂きました」

私は黙って、是時と、青年のうしろで小さくなってうつむいたまま、手をついている小君を見た。小君はもう身籠《みごも》っているのではないかという気がし、やがてそれに違いないと思われてきた。妙になまぐさく不快である。女の誇りも自尊心もかなぐり捨てた、いやらしい女の姿だと思った。だがそれと同時に、小君は私より幸福になるかもしれぬと、かすかな嫉妬《しっと》の念もうずいた。もしかしたら、夫のもう一人の妻、時姫もこんなふうに、自分をかなぐり捨てた、なまなましく、いやらしい女なのかもしれない。男というものは美しい泥人形のような女が好きなのかもしれぬ……。

「許します……。是時と一しょにおゆき。……しあわせにおなり。……是時、小君を頼みましたよ。幸せに行末長く可愛がってやっておくれ」

「はい、それはもう……構えてご心配に及びませぬ、北の方さま」

是時は意気揚々としていった。

「小君は私の家へ引き取ります。私はいつも小君を傍から離したくはありませんから」

そして、二人は去った。


道綱が私に歌を見せたのはそれからまもなくであった。ういういしい幼い恋歌である。私は胸がとどろいた。どうしたの、と問うと、

「去年、賀茂《かも》の祭の帰りにふと……。大和守《やまとのかみ》の姫で、美しい人です。年は十六とか。母上、歌に手を入れて下さい。恥をしのんで打ちあけたのですから」

と冗談にまぎらせているが、まじめな思いつめたさまは見てとれた。

道綱はいつか十八になっていた。そうあるべき年齢なのだ、みな独り立ちして各々の道を歩いてゆく年頃なのだ……。

あの、真率な遠度も、度々の便りや訪問に私が相手にならないでいるうち、だんだん足が遠のいた。私は遠度がきらいではない。いやむしろ、夫の心さえ見失ったいま、うつろな私の気持に忍びこむ遠度のつつましい求愛に、いっそ押流されたい誘惑を感じたことは事実だった。しかしここで負けてはあまりに安っぽい女だと思われはせぬかと、自分を大事に思うあまり、ためらってはつれない風をみせている内に、遠度はあきらめて去った。私に何のおち度があろうか。

夫もまた、近頃は大納言となり、ますます勢威あがり、夫の兄、伊尹の殿は摂政太政大臣《じょうだいじん》となり、夫はその次に位して、伊尹公のあとをおそうと見られているそうである。

夫もやがて、いまに太政大臣になって位人臣をきわめる地位に昇るだろう。そういう野心をもち、それを実行するだけの力をもった男である。目的のためには手段をえらばぬ男である。しかし大臣といい、大納言といい、それが私にとって何であろう。私がいま心から欲しいのは政治家の藤原兼家ではない、一個の男の真実なのだ。

病の床で〈お前が一番好きだ〉と告白し、山寺へ籠った私を力ずくで連れ戻してきた男の真実である。それを信じようとすると、たちまち、その後はぐらかされる。私はいつまでも信じ切れない。信じたいと思いつつよりすがってゆけない。とうとうこのままで私達夫婦は一生を終るのであろうか。

夫はもう、便りさえくれなくなった。しかし二人の間を道綱が往来して伝言をもたらしたりして、ほそぼそと、あやういきずなをつないでいる。伝え言はいつもそめそめとやさしく、〈あすはきっと行く、あさってはきっと訪れる〉……そしてついに来ない。

（あなた、あなたはほんとうに私を愛したの？　私のどこに落度が、どこに欠点があったというの？　こんなに真面目に人生を生き、何一つ曲ったこともせず、神仏も照覧あれ、非のうち所のない私の生き方の、どこが悪くてこんな不幸な人生を送らねばならないの？　兼家、ほんとうは私、あなたを愛していたのよ、心から、心から……）

ある夜は私は思いのたけを手紙に書いて夫に送ろうかと思ったりもした。しかしそれで情勢がどう変るというのであろう。今更、どうしようもあるまい。聞く所によれば夫は私のことを、「才女面した悪女や」と評したそうだ。私が悪女なら女はみんな、悪女だ。悪女でなくなれば女でなくなるだろう。

私はこの頃、私小説をぼつぼつと書きはじめている。一部分書きあげて世に洩《も》れたところ好評なので、さらに書きつづけているのである。歌集にも私の歌は数多く採られ、名前も出るようになった。男は裏切っても仕事は裏切らないものである。そう思い、やや心の平安を得、いまは夫のこともあきらめ、愛欲からも離れて人生を見られるようになった。私はまた筆をとり、書きつづける。

「ふりける雪、三四寸ばかりたまりていまもふる。――簾《すだれ》をまきあげてながむれば〈あな寒《さむ》〉といふ声、ここかしこにきこゆ。風さへはやし。世の中、いとあはれなり……」

解説

酒井《さかい》順子《じゅんこ》

『あかん男』は、昭和四十六年（一九七一）に刊行された短編集です。

その頃の日本は、様々な面で落ち着かない時代を過ごしていました。経済は成長を続け、前年には大阪万博が開催されてお祭り騒ぎに。一方では、学生運動が激化した「政治の季節」の記憶がまだ生々しく残り、女性の世界ではウーマンリブが注目されて、世界的に女性解放の機運が高まっていた。……ということで、一九六〇年代後半から七〇年代前半にかけては、時代の転換期だったのです。

そんな中で刊行された『あかん男』には、しかし新しい時代のギラつきのようなものは、感じられません。学生運動の怒りも万博による浮かれぶりもウーマンリブの盛り上がりも、作品からは見えてこないのです。

『あかん男』に限らず、田辺作品がいつ読んでも古びない理由の一つとして、そのあたりがあげられると私は思います。人は常に、「自分が生きている今こそが、特別な時代」と思っており、「今」の特殊性を描こうとする文学者は多いものです。しかし田辺聖子さんは、科学技術がどれほど進歩しようと、突飛なものが流行《はや》ったりすたったりしようと、また大きなイベントや事件があろうと、決して変わらぬものは確実に存在することを知っており、常にその「不変のもの」を軸足として、作品を書かれている。

それはたとえば、男女の仲。男男の仲でも女女の仲でもよいのですが、愛やら情やらで結びつく一対の人間関係にまつわるこもごもは、世の中が変化しても、そう簡単に変わるものではないようです。瑣末《さまつ》な事象と思われがちではありますが、瑣末さの中からしばしば、人間の本質が見えてくるのでした。

ウーマンリブが盛り上がっていた当時は、男女の関係性が激変しそうな予想も漂っていたはずです。しかし『あかん男』には、「時代が変わるから自分達も変わらねば」という男女は、描かれていません。おそらくは昭和四十六年当時も、「こういう男って、昔っからいるよね」「これって、私のこと?」と読者に思わせたであろう男女が登場するのであり、書かれてから約五十年が経った今も、私達は同じことを思っている。

『あかん男』には、表題作のみならず、「あかん男」がたくさん登場します。そこで浮かび上がるのは、女から見た時の男の「あかん」部分と、男が自分を見た時の「あかん」部分とが著しくズレている、という事実です。

表題作の主人公は、三十五歳の独身男。すでに頭部は心細い状態になっており、明るい性格でもなく、つまりは女性から人気があるタイプではありません。

自分では、女性を選《よ》り好みしていないと思っているけれど、実際は、「ニコニコして、ひと言もムダ口をきかず、月給も係累も趣味も特技も禿《はげ》も問題にせず、私を大切にかしずいてくれて、自分は着るもの食べものいらず、またスーッと消えてくれる、幽霊妻か、お化け妻がよろしい」

というほとんど無理な願望を持っており、さらには見合いをした女性達については、

「そろいもそろって醜女《ブス》ばっかりやった」

と、その容貌《ようぼう》に文句をつける。

これが現代であれば、「生身の女性はちょっと……」ということで、彼はアニメ等の二次元方面へと向かったことでしょう。しかしあいにく当時はそのような道は無かったので、彼は「自分が独り身なのは、女のせい」ということにしている。

彼も、自分のことを「あかん男」だとは思うのです。しかし自分のことは棚に上げて高望みしていることが自身の駄目な部分だとは、思っていません。女の子に馬鹿にされてももはや怒りすら湧かない、そんな自分を「あかん男やなあ」と思っているのです。

「プレハブ・パーティ」は、おじさん達が乱交パーティを夢見るお話です。突飛な設定のようにも思えますが、どうやらこの時代、乱交やら夫婦交換といったことが静かなブームになっていた模様。普通のおじさんの中にも、「自分達も楽しみたい」という欲望が広がっていたのでしょう。

おじさん達は、張り切って準備を進めます。まさに「やる気まんまん」であるわけですが、しゃれた山荘のつもりで行ったらボロい山小屋で、そこにやってきたのは登山途中の女性達。乱交どころか、合コンにすらなりませんでした。

ここでも、おじさん達の自己認識には甘さがあります。自分達は女性達を色っぽい気分にさせられるような資質を持っているのか、という視点が欠けているのであり、セッティングさえすれば乱交が成立するかのように思っている。

男の感覚と女の感覚はかほどに交わらないものだ、ということがよくわかるこれらの作品。そのズレは、スマホがどれほど便利になろうと、人類が宇宙に行こうと、変わるものではありません。

男女の感覚が永遠に交わらぬそのもどかしさやら腹立たしさやらを、今は脳科学のようなもので説明して、なだめようとする動きもあります。しかし、「あかん男」の「あかん」さ加減の原因が科学的に解明されてしまうと、かえってつまらないのではないか、と私は本書を読んで思ったのでした。

生きる妙味は、永遠に交わることがないとわかっている相手のことを好もしく思ったり手なずけたり憎んだり恨んだりするところにある、と田辺作品はいつも教えてくれます。様々な多様性を理解しましょう、という動きが今は盛んですが、わざわざ遠くまで多様性を探しに行かずとも、最も身近な「自分とは違う人」としての異性という存在を、田辺作品は思い出させてくれるのです。

「あかん男」を東京弁で言うならば、「駄目な男」になりましょう。しかし「駄目」とはせずに「あかん」とするのが、田辺文学の優しさであると同時に、怖さでもあります。「駄目」という言葉は、濁点も入っているし、いかにもキツい響きを持っているのに対して、「あかん」は柔らかく、丸い。

「駄目！」

と拒否されたら撤退するしかありませんが、

「あかーん」

と言われたら、再考の余地がありそう、と希望が残る気がするではありませんか。

全体的に、関東の物言いはストレートできつく聞こえるのに対して、関西の言葉は丸くてやんわりしています。しかし反対に言うと、関東の言葉は、キツいけれど、わかりやすい。関西の言葉は、優しいけれど、その奥にある意思は、聞く側が察しなくてはならない。すなわち関西の言葉の真意は、聞き手が「自分で気づくしかない」わけで、ただ優しいだけではない厳しさ、残酷さを内包している言葉なのです。

「あかーん」

と言われて、進むか、戻るか。そこで、聞き手の機知が試されることになる。

田辺文学では関西の言葉が多用されていますが、柔らかな餅《もち》のような言葉に包まれているものが甘いものなのか辛いものなのか、と考えつつ読むことも、私のような関東の人間にとっては楽しみの一つです。そんな中でわからなかった言葉は、「さびしがりや」の最後に出てくる「あくかいや」。

「さびしがりや」は、神戸の「いわくつきでない男や女はいない」という土地が舞台のお話。誰もが不幸を抱え、誰もが強がっているけれど、その実、子供のことは胸から離

れない。……ということで、足の悪い文治は、

「誰も彼もさびしがりやばっかりで腹がたつ。人間、もっとえげつない奴でないと、あくかいや、という思いである」

という感慨を抱くのです。

「あくかいや」という言葉は、この辺りの方言である模様で、意味は「あかん」とほぼ同じ。つまり「あくかいや」も「あかん」も、何かが「あかない」ということを表現しています。

この「あかない」は、「埒《らち》があかない」の「あかない」で、漢字にするなら「明く」とか「開く」。埒とは馬場の柵《さく》を意味しますが、いずれにせよ「あく」は、明るい方へ開いていくという、つまりは「うまくいく」ということであり、対して「あかない」はその反対、ということになりましょう。

「人間、もっとえげつない奴でないと、あくかいや」

という文治の思いの中では、「えげつない」もまた、関西の言葉です。関東の者としては、お笑い番組などで聞き知ってはいるけれど、はっきりとした意味まではわからないという言葉ですが、これは「あくどい」「人情味がない」といった意味らしい。

ということは文治は、「人情なんてものにしがみついているから、この辺りの人間は幸せになれないのだなぁ」と、思っているのです。そう思う彼も、亡き子への思いを捨てることは、どうしてもできない。彼もまた、自分が「あかん男」であることを自覚し

つつ、亡き子の代わりかのように、梅酒の壺《つぼ》をなでさするのです。

この部分を関東風に書けば、

「人間、もっとあざとい奴でないと駄目だ」

になりましょう。また関西風なら、

「人間、もっとえげつない奴でないと、あかん」

とすることもできる。しかし「駄目」でも「あかん」でもなく「あくかいや」が使用されることによって、文治が住む土地のにおいや、そこに住む人達が抱える哀しみが、濃厚に立ちのぼるかのようなのです。

「さびしがりや」では、オテツや安江のえげつない生き様が描かれていながら、最後には彼女達も皆、情にもろくてえげつなさに欠ける人間なのだ、と明かされてサゲとなり、まるで人情噺《にんじょうばなし》かのよう。『おせいさんの落語』という創作落語の本もありますが、落語のようなおかしみと哀しみが、本書のそれぞれの短編にも、盛り込まれています。

特に「へらへら」は、そのまま落語となりそうな一編です。ある日突然、置き手紙を残して隣の奥さんと出奔した夫。妻に去られた隣の旦那《だんな》さんと一緒に捜索しているうちに二人の距離が縮まっていき、一緒にビールなど飲んでいる時に「ふっと二人帰ってきたら……」と想像したら、

「そ、そないならんうちに、早いとこ、置き手紙して逃げよ」

ということで、おしまい。パチパチパチ！　と拍手をしたくなるサゲではありません

か。

そう考えるとこの本全体の構成も、落語的なのです。「あかん男」で始まった本書は「かげろうの女」で終わりますが、最終話のモチーフとなっているのは、もちろん藤原道綱母の『蜻蛉日記』。

時の権力者・藤原兼家の妻の一人になったはよいけれど嫉妬《しっと》に悩まされ、その煩悶《はんもん》を赤裸々に綴《つづ》った作品が『蜻蛉日記』です。「かげろうの女」では、

「わたくしを何とお呼びになりました？」

「何が？　わしが何を言うた？」

「時姫、とおよびになりましたよ」

「そやったかいな」

というように、道綱母は関東弁で語るのに対して、兼家は関西弁で語っています。すなわち、道綱母は自分の感情をストレートに男に伝えているのに対して、兼家はやんわりとはぐらかして、相手の意思も自分の真意も、よくわからなくしてしまう。だからこそ道綱母はイライラが募り、夫の気をひくために息子を連れて寺に籠《こも》ってしまうのです。

そんな中で道綱母は、

「男というものは、女心の悲しみの深いひだなど、とうてい知り得ないのではなかろうか」

と思うのでした。「怨《うら》みもつらみも、むなしく手ごたえなくそれてしまう」のだから。

道綱母は、男と女の「交わらなさ」に、心底絶望しています。その絶望感は、今を生きる女性達が抱くものと同じ。

田辺聖子さんは、本書の最後に「かげろうの女」を置くことによって、当時の読者に対して、

「男と女の交わらなさなんてものは、千年も前から同じ。嫉妬やら権力欲やらといった生々しい感情も、どれほど科学が発達したからといって、人は克服できるものではない」

と伝えたかったのではないかと、私は思います。そのズレやら生々しい感情と闘うのでなく乗り越えるのでもなく、「そういうものだ」と思って生きていけばいいのではないか、と。

道綱母は、煩悶の末に筆をとり、自身について書き始めます。「男は裏切っても仕事は裏切らないものである」とありますが、書くことによって自身の内面に風を通すことは、彼女にとって大きな救いとなったことでしょう。

「あかん男」は千年前からいたし、それはこれからも変わらない。そんな男に執着してしまう「あかん女」もまた、同じ。……というところで、この短編集はサゲ。笑って泣ける落語会の後のようにスッキリとした気持ちで、私達は本を閉じるのでした。

本書は、一九七五年十月に刊行された角川文庫を改版したものです。
本文中には、今日の人権擁護の見地に照らして、不適切と思われる表現がありますが、著書自身に差別的意図はなく、また、著者が故人であること、作品自体の文学性を考え合わせ、底本のままとしました。

（編集部）

あかん男《おとこ》

田《た》辺《なべ》聖《せい》子《こ》

昭和50年 10月10日　初版発行
令和２年　６月25日　改版初版発行
令和５年　８月10日　改版４版発行

発行者●山下直久

発行●株式会社KADOKAWA
〒102-8177　東京都千代田区富士見2-13-3
電話　0570-002-301（ナビダイヤル）

角川文庫 22215

印刷所●株式会社KADOKAWA
製本所●株式会社KADOKAWA

表紙画●和田三造

●お問い合わせ
https://www.kadokawa.co.jp/（「お問い合わせ」へお進みください）
※内容によっては、お答えできない場合があります。
※サポートは日本国内のみとさせていただきます。
※Japanese text only

ISBN 978-4-04-109676-5　C0193

JASRAC 出 2003715-304

◆◇◇

角川文庫発刊に際して

角川源義

　第二次世界大戦の敗北は、軍事力の敗北であった以上に、私たちの若い文化力の敗退であった。私たちの文化が戦争に対して如何に無力であり、単なるあだ花に過ぎなかったかを、私たちは身を以て体験し痛感した。西洋近代文化の摂取にとって、明治以後八十年の歳月は決して短かすぎたとは言えない。にもかかわらず、近代文化の伝統を確立し、自由な批判と柔軟な良識に富む文化層として自らを形成することに私たちは失敗して来た。そしてこれは、各層への文化の普及滲透を任務とする出版人の責任でもあった。

　一九四五年以来、私たちは再び振出しに戻り、第一歩から踏み出すことを余儀なくされた。これは大きな不幸ではあるが、反面、これまでの混沌・未熟・歪曲の中にあった我が国の文化に秩序と確たる基礎を齎らすためには絶好の機会でもある。角川書店は、このような祖国の文化的危機にあたり、微力をも顧みず再建の礎石たるべき抱負と決意とをもって出発したが、ここに創立以来の念願を果すべく角川文庫を発刊する。これまで刊行されたあらゆる全集叢書文庫類の長所と短所とを検討し、古今東西の不朽の典籍を、良心的編集のもとに、廉価に、そして書架にふさわしい美本として、多くのひとびとに提供しようとする。しかし私たちは徒らに百科全書的な知識のジレッタントを作ることを目的とせず、あくまで祖国の文化に秩序と再建への道を示し、この文庫を角川書店の栄ある事業として、今後永久に継続発展せしめ、学芸と教養との殿堂として大成せんことを期したい。多くの読書子の愛情ある忠言と支持とによって、この希望と抱負とを完遂せしめられんことを願う。

一九四九年五月三日

角川文庫ベストセラー

むかし・あけぼの (上)(下)　田辺聖子

おちくぼ姫　田辺聖子

田辺聖子の小倉百人一首　田辺聖子

ジョゼと虎と魚たち　田辺聖子

人生は、だましだまし　田辺聖子

美しいばかりでなく、朗らかで才能も豊か。希な女主人の定子中宮に仕えての宮中暮らしは、家にひきこもっていた清少納言の心を潤した。平成の才女の綴った随想『枕草子』を、現代語で物語る大長編小説。

貴族のお姫さまなのに意地悪い継母に育てられ、召使い同然、粗末な身なりで一日中縫い物をさせられている、おちくぼ姫と青年貴公子のラブ・ストーリー。千年も昔の日本で書かれた、王朝版シンデレラ物語。

百首の歌に、百人の作者の人生。千年歌いつがれてきた魅力を、縦横無尽に綴る、楽しくて面白い小倉百人一首の入門書。王朝びとの風流、和歌をわかりやすく、軽妙にひもとく。

車椅子がないと動けない人形のようなジョゼと、管理人の恒夫。どこかあやうく、不思議にエロティックな関係を描く表題作のほか、さまざまな愛と別れを描いた短篇八篇を収録した、珠玉の作品集。

生きていくために必要な二つの言葉、「ほな」、と「そやね」。別れる時は「ほな」、相づちには、「そやね」といえば、万事うまくいくという。窮屈な現世でほどほどに楽しく幸福に暮らす方法を解き明かす生き方本。

角川文庫ベストセラー

残花亭日暦　田辺聖子

96歳の母、車椅子の夫と暮らす多忙な作家の生活日記。仕事と介護を両立させ、旅やお酒を楽しもうとあれこれ工夫する中で、最愛の夫ががんになった。看病、入院そして別れ。人生の悲喜が溢れ出す感動の書。

私の大阪八景　田辺聖子

ラジオ体操に行けば在郷軍人の小父ちゃんが号令をかけ、英語の授業は抹殺され先生はやめてしまった。押し寄せる不穏な空気、戦争のある日常。だが中原淳一の絵に憧れる女学生は、ただ生きることを楽しむ。

生きるヒント　全五巻　五木寛之

「歓ぶ」「惑う」「悲む」「買う」「喋る」「飾る」「知る」「占う」「働く」「歌う」。日々の何気ない動作、感情の中にこそ生きる真実がひそんでいる。日本を代表する作家からあなたへ、元気と勇気が出るメッセージ。

死を語り生を思う　五木寛之

少年の頃から死に慣れ親しんできた著者。瀬戸内寂聴、小川洋子、横尾忠則、多田富雄という宗教・文学・芸術・免疫学の第一人者と向かい合い、〝人間はどこからきて、どこにいくのか〟を真摯に語り合う。

ご機嫌な彼女たち　石井睦美

離婚に傷つき娘と暮らす寧、年下の恋人のいる万起子、娘が口を利かない美香。夫を癌で亡くした崇子の小料理屋には、今日もワケありの女性が集まる。結婚、出産、離婚、人生の転機に必要なものを探りながら。

角川文庫ベストセラー

生きて行く私　宇野千代

山口県岩国の生家と父母、小学校代用教員の時の恋と初体験、いとことの結婚、新聞懸賞小説の入選、尾崎士郎との出会いと同棲、東郷青児、北原武夫とつづく愛の遍歴……数えて百歳。感動を呼ぶ大河自伝。

落下する夕方　江國香織

別れた恋人の新しい恋人が、突然乗り込んできて、同居をはじめた。梨果にとって、いとおしいのは健悟なのに、彼は新しい恋人に会いにやってくる。新世代のスピリッツと空気感溢れる、リリカル・ストーリー。

泣かない子供　江國香織

子供から少女へ、少女から女へ……時を飛び越えて浮かんでは留まる遠近の記憶、あやふやに揺れる季節の中でも変わらぬ周囲へのまなざし。こだわりの時間を柔らかに、せつなく描いたエッセイ集。

冷静と情熱のあいだ　Ｒｏｓｓｏ　江國香織

２０００年5月25日ミラノのドゥオモで再会を約したかつての恋人たち。江國香織、辻仁成が同じ物語をそれぞれ女の視点、男の視点で描く甘く切ない恋愛小説。

泣く大人　江國香織

夫、愛犬、男友達、旅、本にまつわる思い……刻一刻と姿を変える、さざなみのような日々の生活の積み重ねを、簡潔な洗練を重ねた文章で綴る。大人がほっとできるような、上質のエッセイ集。

角川文庫ベストセラー

はだかんぼうたち　江國香織

9歳年下の鯖崎と付き合う桃。母の和枝を急に亡くした、桃の親友の響子。桃がいながらも響子に接近する鯖崎……"誰かを求める"思いにあまりに素直な男女たち＝"はだかんぼうたち"のたどり着く地とは――。

入れたり出したり　酒井順子

食事、排泄、生死からセックスまで、人生は入れるか出すか。この世界の現象を二つに極めれば、人類が抱える屈託ない欲望が見えてくる。世の常、人の常をゆるゆると解き明かした分類エッセイ。

甘党ぶらぶら地図　酒井順子

青森の焼きリンゴに青春を思い、水戸の御前菓子に歴史を思う。取り寄せばやりの昨今なれど、行かなければ出会えない味が、技が、人情がある。これ1冊で全県の名物甘味を紹介。本書を片手に旅に出よう！

ほのエロ記　酒井順子

行ってきましたポルノ映画館、SM喫茶、ストリップ、見てきましたチアガール、コスプレ、エログッズ見本市などなど……ほのかな、ほのぼのとしたエロの現場に潜入し、日本人が感じるエロの本質に迫る！

下に見る人　酒井順子

人が集えば必ず生まれる序列に区別、差別にいじめ。時代で被害者像と加害者像は変化しても「人を下に見たい」という欲求が必ずそこにはある。自らの体験と差別的感情を露わにし、社会の闇と人間の本音を暴く。

角川文庫ベストセラー

子の無い人生
酒井順子

『負け犬の遠吠え』刊行後、40代になり著者が悟った、女の人生を左右するのは「結婚しているか、いないか」ではなく「子供がいるか、いないか」ということ。子の無いことで生じるあれこれに真っ向から斬りこむ。

風景
瀬戸内寂聴

思いがけない安吾賞受賞とともに昔の破滅的な恋が蘇る「デスマスク」、得度を目前にして揺れた心を初めて語る「そういう一日」など、自らの体験を渾身の筆で綴る珠玉の短編集。第39回泉鏡花文学賞受賞作。

縁切寺お助け帖
田牧大和

鎌倉・東慶寺は、縁切寺法を公儀より許された「縁切寺」だ。寺の警固を担う女剣士の茜は、尼僧の秋と桂、寺飛脚の梅次郎らとともに、離縁を望み駆け込む女子の幸せの為に奔走する。優しく爽快な時代小説！

ルンルンを買っておうちに帰ろう
林　真理子

モテたいやせたい結婚したい。いつの時代にも変わらない女の欲、そしてヒガミ、ネタミ、ソネミ。口には出せない女の本音を代弁し、読み始めたら止まらないと大絶賛を浴びた、抱腹絶倒のデビューエッセイ集。

次に行く国、次にする恋
林　真理子

買物めあてのパリで弾みの恋。迷っていた結婚に決着をつけたNY。留学先のロンドンで苦い失恋。恋愛の似合う世界の都市で生まれた危うい恋など、心わきたつ様々な恋愛。贅沢なオリジナル文庫。

角川文庫ベストセラー

イミテーション・ゴールド　林　真理子

レーサーを目指す恋人のためになんとしても一千万円を工面したい福美。株、ネズミ講、とその手段はエスカレート、「体」をも商品にしてしまう。若さ、金、権力――。「現代」の仕組みを映し出した恋愛長編。

美女入門　PART1〜3　林　真理子

お金と手間と努力さえ惜しまなければ、誰にでも必ず奇跡は起きる！　センスを磨き、腕を磨き、体も磨き、自ら「美貌」を手にした著者によるスペシャル美女エッセイ！

聖家族のランチ　林　真理子

大手都市銀行に勤務するエリートサラリーマンの夫、美貌の料理研究家として脚光を浴びる妻、母のアシスタントを務める長女に、進学校に通う長男。その幸せな家庭の裏で、四人がそれぞれ抱える〝秘密〟とは。

美女のトーキョー偏差値　林　真理子

メイクと自己愛、自暴自棄なお買物、トロフィー・ワイフ、求愛の力関係……「美女入門」から7年を経てますます磨きがかかる、マリコ、華麗なる東京セレブの日々。長く険しい美人道は続く。

RURIKO　林　真理子

昭和19年、4歳で満州の黒幕・甘粕正彦を魅了した信子。天性の美貌をもつ女性は、「浅丘ルリ子」として銀幕に華々しくデビュー。昭和30年代、裕次郎、旭、ひばりら大スターたちのめくるめく恋と青春物語！

角川文庫ベストセラー

男と女とのことは、何があっても不思議はない　林　真理子

「女のさようならは、命がけで言う。それは新しい自分を発見するための意地である」。恋愛、別れ、仕事、ファッション、ダイエット。林真理子作品に刻まれた宝石のような言葉を厳選、フレーズセレクション。

みずうみの妻たち (上)(下)　林　真理子

老舗和菓子店に嫁いだ朝子は、浮気に開き直る夫に望みを突きつけた。「フランス料理のレストランをやりたいの」。東京の建築家に店舗設計を依頼した朝子は、初めて会った男と共に、夫の愛人に遭遇してしまう。

つくもがみ貸します　畠中　恵

お江戸の片隅、姉弟二人で切り盛りする損料屋「出雲屋」。その蔵に仕舞われっぱなしで退屈三昧、噂大好きのあやかしたちが貸し出された先で拾ってきた騒動とは!?　ほろりと切なく温かい、これぞ畠中印!

つくもがみ、遊ぼうよ　畠中　恵

深川の古道具屋「出雲屋」には、百年以上の時を経て妖となったつくもがみたちがたくさん!　清次とお紅の息子・十夜は、様々な怪事件に関わりつつ、幼なじみやつくもがみに囲まれて、健やかに成長していく。

まことの華姫　畠中　恵

江戸両国の見世物小屋では、人形遣いの月草が操る姫様人形、お華が評判に。〝まことの華姫〟は真実を語るともっぱらの噂なのだ。快刀乱麻のたくみな謎解きで、江戸市井の悲喜こもごもを描き出す痛快時代小説。

角川文庫ベストセラー

作家ソノミの甘くない生活　群　ようこ

元気すぎる母にふりまわされながら、一人暮らしを続ける作家のソノミ。だが自分もいつまで家賃が払えるか心配になったり、おなじ本を3冊も買ってしまったり。老いの実感を、爽やかに綴った物語。

老いと収納　群　ようこ

マンションの修繕に伴い、不要品の整理を決めた。壊れた物干しやラジカセ、重すぎる掃除機。物のない暮らしには憧れる。でも「あったら便利」もやめられない。老いに向かう整理の日々を綴るエッセイ集！

うちのご近所さん　群　ようこ

「もう絶対にいやだ、家を出よう」。そう思いつつ実家に居着いたマサミ。事情通のヤマカワさん、嫌われ者のギンジロウ、白塗りのセンダさん。風変わりなご近所さんの30年をユーモラスに描く連作短篇集！

まあまあの日々　群　ようこ

もの忘れ、見間違い、体調不良……加齢はそこまでやってきているし、ちょっとした不満もあるけれど、なんとか「まあまあ」で暮らしていければいいじゃない。少し毒舌で、やっぱり爽快！な群流エッセイ集。

アメリカ居すわり一人旅　群　ようこ

語学力なし、忍耐力なし。あるのは貯めたお金だけ。それでも夢を携え、単身アメリカへ！　待ち受けていたのは、宿泊場所、食事問題などトラブルの数々。あるがままに過ごした日々を綴る、痛快アメリカ観察記。